Im März 1941 gerät die berühmte Schriftstellerin Virginia Woolf in eine schwere Krise: Sie hat soeben ein neues Buch beendet; über das Cottage, das sie gemeinsam mit ihrem Mann Leonard bewohnt, fliegen deutsche Bomber. Sie führt das Leben einer Gefangenen, die nicht weiß, wie und wohin sie ausbrechen soll. Und am Ende entscheidet sie sich für den Fluss ... Wie kaum eine andere Frau ihrer Zeit steht Virginia Woolf für das Ringen um Eigenständigkeit, um Raum für sich, um eine unverkennbare Stimme. Ihr Leben war überreich – auch an Düsternissen. Michael Kumpfmüller hat einen sprachmächtigen, kühnen Roman über die letzten Tage ihres Lebens geschrieben. Er zeichnet das Bild einer Person, die in Auflösung begriffen ist und sich auf die Reise in den Innenraum macht – in eine Welt voller Schrecken und Wunder.
»Vielleicht verschwindet sie wieder im Dunkel, wenn man das Buch zuschlägt, aber für einen Moment war sie da (...).« Susan Vahabzadeh, Süddeutsche Zeitung

Michael Kumpfmüller, geboren 1961 in München, lebt als freier Autor in Berlin. Im Jahr 2000 debütierte er mit dem viel diskutierten Ost-West-Roman »Hampels Fluchten«. 2003 folgte das zweite Buch »Durst« nach einem wahren Kriminalfall, 2008 der Gesellschaftsroman »Nachricht an alle«, der mit dem Alfred-Döblin-Preis ausgezeichnet wurde. Der 2011 erschienene Roman »Die Herrlichkeit des Lebens« wurde zum Bestseller und von der literarischen Kritik hochgelobt. Mittlerweile ist »Die Herrlichkeit des Lebens« in 24 Sprachen übersetzt. Zuletzt erschienen die Romane »Die Erziehung des Mannes« (2016) und »Tage mit Ora« (2018).

Weitere Informationen finden Sie auf www.fischerverlage.de

Michael Kumpfmüller

Ach, Virginia

Roman

FISCHER Taschenbuch

Aus Verantwortung für die Umwelt hat sich der S. Fischer Verlag zu einer nachhaltigen Buchproduktion verpflichtet. Der bewusste Umgang mit unseren Ressourcen, der Schutz unseres Klimas und der Natur gehören zu unseren obersten Unternehmenszielen.

Gemeinsam mit unseren Partnern und Lieferanten setzen wir uns für eine klimaneutrale Buchproduktion ein, die den Erwerb von Klimazertifikaten zur Kompensation des CO_2-Ausstoßes einschließt.

Weitere Informationen finden Sie unter:
www.klimaneutralerverlag.de

FSC
www.fsc.org
MIX
Papier aus verantwortungsvollen Quellen
FSC® C014496

Erschienen bei FISCHER Taschenbuch
Frankfurt am Main, Februar 2022

Lizenzausgabe mit freundlicher Genehmigung
des Verlags Kiepenheuer & Witsch, Köln

Satz: Pinkuin Satz und Datentechnik, Berlin
Druck und Bindung: GGP Media GmbH, Pößneck
Printed in Germany
ISBN 978-3-596-70026-4

»Miteinander allein gelassen, zum erstenmal heute, blieben sie stumm. Im Alleinsein war Feindseligkeit bloßgelegt; und auch Liebe. Vor dem Einschlafen müssten sie miteinander kämpfen. Nachher würden sie einander umarmen. Aus dieser Umarmung mochte vielleicht ein neues Leben geboren werden. Aber erst müssten sie miteinander kämpfen, wie im tiefsten Dunkel auf den Gefilden der Nacht der Fuchs mit der Füchsin kämpft.«

Virginia Woolf,
Zwischen den Akten (1941)

Zorn

1

[INTERKONTINENTALFLUG]

Es dauert eine Weile, bis sie alles zusammenhat: ihre Sprache, den Ton, der für sie wichtiger als jede Geschichte ist, obwohl sie natürlich auch Geschichten hat, dazu irgendwann das Quäntchen Glück, das man braucht, wenn man nach oben kommen will, und das will sie.

Sie hat den einen oder anderen Schrecken hinter sich, aber jetzt, mit Anfang dreißig, scheint dergleichen hinter ihr zu liegen – mit ihrem ersten Roman ist sie sofort da. Er wird in den Zeitungen wohlwollend und mit einem Hauch Begeisterung besprochen, diese halbwegs junge Frau ist ein Talent, von ihr wird zu hören sein, jedenfalls nimmt man das allgemein an, sie selbst fürs Erste vielleicht am wenigsten.

Als Mensch gilt sie als kompliziert. Ihr Humor ist eher kalt, sie hat eine spitze, flinke Zunge und liebt es, Leute bis auf die Knochen auszuziehen, wobei ihr beinahe jedes Mittel recht ist, und tatsächlich ist sie in Gesellschaft überaus amüsant.

Ihr Fluch sind die Männer. Bis in ihre späten Zwanziger sieht es so aus, als würde sie auf ein Leben als Nonne zusteuern, doch dann heiratet sie Knall auf Fall einen Mann, der sich wie sie als Schriftsteller versucht und Jude ist, aber warum nicht, am Ende werden sie sich an die dreißig Jahre ertragen.

Virginia und Leonard.

Gibt es etwas, das sie nicht haben, außer dieser stark überschätzten Sache mit der Kopulation?

Sie sind das Traumpaar ihrer Zeit und Gegend.

In den ersten Jahren müssen sie scharf rechnen, aber sie besitzen Häuser auf dem Land, bewohnen erst das eine und anschließend das andere, haben natürlich auch eine Wohnung in London, arbeiten, empfangen Heerscharen von Gästen.

Mit der Gründung des eigenen Verlages kommt das Geld. Man wechselt mehrfach das Stadtviertel und gewöhnt sich an den Komfort, hat Telefon und elektrisches Licht, dazu natürlich Personal, jemanden, der kocht und die Zimmer in Ordnung hält; bei Gelegenheit schafft man das erste Automobil an, das Leben ist bunt und schnell, und es dürfte nicht wenige geben, die sie darum beneiden. Sie haben haufenweise Freunde, mit denen sich die abgelegensten Themen besprechen lassen, und verkehren in den angesehensten Häusern der Hauptstadt, wo es von feinen Leuten wimmelt, die zwar keineswegs durchweg interessant sind, doch dafür hat man anschließend den Spaß, nach Strich und Faden über sie herzuziehen, auf dem Nachhauseweg durch die nächtlichen Straßen von Richmond oder gleich vor Ort, mittendrin im Gewühl, was mit einiger Regelmäßigkeit zu hübschen kleinen Skandalen führt, mit denen sich das ewige Mädchen einen respektablen Ruf als Intrigantin erwirbt.

Mit jedem Buch, das sie veröffentlicht, wird sie berühmter. Es fällt viel Licht auf sie, da kann man als Außenstehender leicht übersehen, dass in ihr drin, sagen wir: in ihrer Seele, einige sehr alte und auch neue Dunkelheiten herrschen, für ein paar Tage oder meinetwegen Wochen, wenn die Kritiken noch nicht raus sind oder nicht ausfallen, wie sie erhofft hat, und sie tagelang nur zittert.

Doch insgesamt hält sich ihr Unglück über zwei Jahrzehnte in Grenzen. Man liegt vorübergehend flach und hat üble Gedanken, bevor man sich tapfer wieder hochrappelt und in das nächste, noch größere, noch buntere Karussell steigt, das das Leben als Berühmtheit ist.

Die Jahre vergehen wie im Flug; es ist dauernd etwas los. Es kommt zu vorübergehenden Annäherungen an Kollegen und wackeligen Liebschaften mit Frauen, und dazwischen regelmäßig Abschiede, Rückzüge in den Innenraum, die paralympische Zweisamkeit mit dem Mann.

In den kalten Jahreszeiten bleibt das Paar überwiegend in der Stadt, aber später, im Mai, setzt es in bester Reiselaune über den Kanal und besichtigt die Nachbarländer: das Deutschland vor und mit Hitler, Italien vor und mit Mussolini, dazu Irland, Frankreich und die Niederlande, das schöne Griechenland nicht zu vergessen.

Mit dem Beginn des Krieges werden die Verhältnisse erheblich komplizierter, die inneren nicht weniger als die äußeren; was schöne Gewohnheit gewesen ist, steht plötzlich infrage, morgen schon kann es mit allem vorbei sein, und ehe man sichs versieht, hat sich ihre Welt doch reichlich verdüstert und verengt.

Da ist es auch kein Trost, dass sich die deutschen Soldaten vorläufig andernorts austoben, denn leider läuft die Katastrophe in atemberaubender Geschwindigkeit ab, zudem befehligt dieser Herr Hitler eine imposante Luftwaffe, und im Mai 1940 machen die Teufel Ernst und lassen die ersten Bomben unter anderem auf London fallen.

Anfangs scheint der Schaden gering, man kann sich mit eigenen Augen überzeugen, dass es vorläufig nur andere trifft, bloß eines Tages trifft es einen selbst. Die Wohnung am Mecklenburgh Square wird von heute auf morgen zur Ruine, man muss, was an Dingen unversehrt ist, aufs Land schaffen, wo es aber nur bedingt sicherer ist, die deutschen Flugzeuge überfliegen regelmäßig ihr kleines Sommerhaus. Sie rechnen jederzeit mit dem Ende, das Invasion und Besatzung heißt, haben zunehmend Mühe mit der Lebensmittelbeschaffung und natürlich längst kein festes Personal mehr; eine Frau aus dem Dorf kümmert sich stundenweise um den Haushalt, aber davon abgesehen hat man nur noch sich, und wahrscheinlich ist das ja für kein Paar der Welt auf die Dauer zuträglich.

Wäre das Leben ein Interkontinentalflug, befände sie sich eindeutig in der Sinkphase. Der Großteil der Reise liegt hinter ihr, man nähert sich der Landebahn, streift über ver-

streute Siedlungen, Felder, Wiesen, bevor die Maschine mit einem ziemlichen Rums auf dem Boden der neuen Tatsachen aufsetzt. Die Erde hat einen zurück, man rollt, das ist noch einmal ein Fitzelchen Bewegung, aber dann ist man definitiv unten, und der Rest – man muss es leider sagen – ist Passage, Abwicklung, im Grunde ohne Bedeutung.

Sie ist seit Kurzem neunundfünfzig, und tatsächlich könnten die bloße Zahl und das dazugehörige Gesicht sie in Depressionen stürzen. Aber das ist es nicht. Auch der neue Roman, den sie kürzlich beendet hat, ist es nicht, wenngleich auch der Roman eine Rolle spielt, ihre wachsende Rast- und Kraftlosigkeit. In einem Wort: Es geht ihr so schlecht wie seit Jahren nicht. Das Landleben, das lange das Beste war, ist zur lästigen Routine geworden, ihr fehlen die Leute, die Streits, irgendeine Form von Anregung, mit der sich etwas anfangen ließe; und stattdessen sitzt sie unter den von deutschen Fliegern bevölkerten Himmeln von East Sussex und langweilt sich im wahrsten Sinn des Wortes zu Tode.

Man braucht keine Menschen mehr, wenn man über fünfzig ist, hat sie mit Anfang vierzig geglaubt, aber das stellt sich als folgenschwerer Irrtum heraus. Sie verhungert ohne Gesellschaft, sie hadert mit ihrem verblassenden Ruhm und dass sich kaum jemand für sie interessiert. Seit Wochen liegt sie mehr oder weniger untätig im Haus, bedrängt von allen möglichen Stimmen; in den Nächten findet sie kaum Schlaf und tigert durch ihr Zimmer, auf der Suche nach einem Licht, etwas, das sie da herausholt, eine Lektüre, die sie aufweckt, ein Plan für ein neues Buch, aber es fällt ihr beim besten Willen nichts ein, nur dass es so nicht weitergeht.

Sie mag nicht mehr.

Das ist das Mindeste, was man zu ihrem Zustand sagen muss, sie hat Angst, verrückt zu werden, und will dieses Leben schnellstmöglich hinter sich lassen.

Dazu müsste sie natürlich etwas tun. Einfach aufstehen und gehen, denkt sie, und wahrscheinlich ist das ja die einzige Idee, die sie je gehabt hat, dass man eines Tages aufsteht und geht, egal, was da um einen herum ist, so da etwas ist, und danach sieht es leider nicht aus.

[DIENSTAG, 18. MÄRZ]

Der Anfang vom Ende ist, dass sie ihrem Mann schreibt. Sie hat es wieder und wieder aufgeschoben, aber nun ist der Zeitpunkt da.

Sie sitzt wie in den guten Jahren in ihrer Schreibhöhle im Garten, wo sie ein Gutteil ihres Werks geschrieben hat, zwei Handvoll Romane, Briefe, ihre Tagebücher, ab und zu eine Rezension oder was sonst sie an ihrem Schreibtisch getan hat: fluchen vor allem, warten, dass die Wörter, Sätze kommen, und dann abtauchen, weit weg in ihre fein ziselierten Innenwelten, während draußen immerzu der Garten gewesen ist und Leonard in diesem Garten, die wundersamen Blumen, Bäume, der Teich, kleines Getier; in der nahen Ferne die geliebte Landschaft der Downs.

Wie in den Sekunden vor dem Einschlafen zieht all das an ihr vorüber, bevor sie in verzweifelter Hast zu schreiben beginnt, seltsam beschwingt, fast, als würde ihr gefallen, was sie da schreibt, der neue Schwung, mit dem sie es tut, weil ja alles unumstößlich wahr ist, hier, in ihrem letzten Brief, wie sie glauben muss, der ohne jeden Schnörkel ist und eines Adressaten kaum bedarf.

»Liebster, ich bin mir sicher, dass ich wieder wahnsinnig werde: Ich habe das Gefühl, dass wir nicht noch eine dieser schrecklichen Zeiten durchmachen können. Und dieses Mal werde ich nicht wieder gesund werden. Ich fange an, Stimmen zu hören, und kann mich nicht konzentrieren. Also tue ich, was das Beste zu sein scheint. Du hast mir das größtmögliche Glück geschenkt. Du warst in jeder Hinsicht alles, was jemand mir sein konnte. Ich glaube nicht, dass zwei Menschen glücklicher hätten sein können, bis diese schreckliche Krankheit kam. Ich kann nicht länger dagegen ankämpfen, ich weiß, dass ich Dein Leben ruiniere, dass Du ohne mich arbeiten könntest. Und das wirst Du, ich weiß. Du siehst, ich kann nicht einmal das hier ordentlich schreiben. Ich kann nicht lesen. Ich will sagen, dass ich alles Glück meines Lebens Dir verdanke. Du warst absolut geduldig mit mir und unglaublich gut. Ich will das sagen – alle wissen es. Wenn überhaupt jemand mich hätte retten können, wärst Du es gewesen. Alles ist von mir gegangen, bis auf die Gewissheit Deiner Güte. Ich kann Dein Leben nicht länger ruinieren. – Ich glaube nicht, dass zwei Menschen glücklicher hätten sein können, als wir es waren. V.«

Das ist, was sie schreibt.

Sie hat keine zehn Minuten dafür gebraucht, es ist die abschließende Summe, ihre Bilanz, obwohl sie aus Erfahrung weiß, dass Worte manchmal etwas in Gang setzen, das ohne sie niemals in Gang gesetzt worden wäre, und insofern schreibt sie diesen Brief überwiegend für sich.

Das Wetter an diesem Tag ist sehr schlecht, es regnet, dazu ist es kalt, es ist windig, was sie nicht davon abhält, praktisch mit dem letzten Satz das Gartenhaus zu verlassen und Richtung Fluss zu laufen, der sich keine zehn Minuten entfernt durch die Landschaft bewegt.

Man muss sagen, dass sie fast rennt, seltsam geduckt, wie ein Tier auf der Flucht. Sie hält sich weit links, um schnell in den toten Winkel des Gartens zu gelangen und dann weiter zum Tor, wobei sie zur Kontrolle in alle Richtungen schaut, denn der Mann, der ihr Gefährte und Aufpasser ist, hat seine Augen und Ohren überall; wenn er entdeckt, wie sie im offenen Pelzmantel das Grundstück verlässt, wird er es ihr bestimmt verbieten.

Aber sie hat Glück, er ist beschäftigt, er sieht und hört sie nicht; am Ende ist er gar nicht zu Hause. Er hat gesagt, dass er einkaufen fährt, vielleicht ist er in Lewes, was aber keine Rolle mehr spielt, denn inzwischen hat sie sich einen komfortablen Vorsprung erarbeitet, sie kommt gut voran, außerdem ist der eisige Regen wie ein Kleid, das sie völlig umschließt und praktisch unsichtbar macht, sie ist sofort bis auf die Haut nass.

Sonst nimmt sie nicht viel wahr: ihren Atem, die Schritte, hie und da einen Fetzen Grün, weil sonst wenig zu sehen ist, nicht mal der Fluss, mit dem sie sich mehrfach besprochen hat, und siehe, plötzlich liegt er vor ihr.

Eigentlich wäre jetzt Platz für letzte Gedanken, ein kurzes Innehalten, ob sie wirklich das Richtige tut, aber über das Denken ist sie endgültig hinaus; die Sache denkt sich sozusagen selbst, jetzt, so kurz vor dem Ziel, es sind nur noch wenige Schritte, und schon klettert sie die steinige Böschung hinab und wirft sich ohne weitere Umstände ins Wasser.

Das Wasser ist kalt. Es ist ungefähr so kalt wie der Regen, einen Hauch kälter womöglich, der Unterschied ist gering, was heißt, dass sie weiter friert, womit es aber bald ein Ende haben wird, bloß dass die Dinge nicht so reibungslos verlaufen, wie sie geglaubt hat.

Die Strömung reißt sie sofort weg nach rechts, aber sie geht nicht richtig unter; kurz geht sie unter, bevor sie neuerlich oben ist. Von Ertrinken keine Spur. Sie treibt da nur wie blöde auf dem gurgelnden, zischenden Wasser, mal mehr am einen, mal mehr am anderen Ufer, und irgendwann kriegt sie Boden unter den Füßen und gesteht sich ein, dass es so nicht geht. Sie rappelt sich hoch und ist am Leben, und so am Leben klettert sie zitternd an einer Stelle weit von der ersten die Böschung hoch und taumelt Richtung Haus, von wo zu ihrem Schrecken Leonard ihr entgegeneilt.

Niemanden möchte sie jetzt weniger sehen als ihn.

Sie kann sich nicht erinnern, jemals so gefroren zu haben. Sie klappert mit den Zähnen, so sehr friert sie, was ja ohne Zweifel bedeutet, dass sie lebt, ihr ganzer Körper spricht davon, er macht sich lustig über sie, und tatsächlich fühlt sie sich überaus dumm und klein.

Leonard sieht sie kaum an, als er sie erreicht.

Mein Gott, warum bist du nicht im Haus, da draußen ist doch kein Wetter, um spazieren zu gehen, sagt er, und sie ist so gut wie sicher, dass er völlig ahnungslos ist.

Ja, sagt sie und nimmt hin, dass er sie mit verhaltener Ungeduld aufs Grundstück und weiter nach drinnen ins untere Wohnzimmer zieht, wo er plötzlich ein Handtuch bei sich hat, und mit diesem Handtuch trocknet er sie mit schnellen, ruppigen Bewegungen ab, alles, was er von ihr zu fassen kriegt, Haare, Gesicht, die Augenpartie, Nase, Mund, den Hals, mit der zärtlichen Routine eines Pflegers, wie sie denkt, obwohl sie weiter nicht viel denkt und lediglich darauf achtet, was seine Finger tun und inwiefern sie das noch angeht.

Als er mit der Arbeit fertig ist, steht sie eine Weile nur da und sieht zu einer Stelle im Zimmer, dort, wo eines der Fenster ist, etwas links davon, auf ein Stückchen Wand, bevor er sie kopfschüttelnd in ihr Zimmer schickt und anweist, sich trockene Kleider anzuziehen.

Ja, sagt sie ein zweites Mal, macht aber keine Anstalten, eine unbestimmte Weile, worauf er sie wortlos bis an die Tür ihres Zimmers führt und dort wartet, während sie sich drinnen eine Närrin schimpft, so plan- und kopflos davongelaufen zu sein. Offenbar macht sie die

Krankheit dumm, oder es liegt an der Einfalt der Stimmen, die sie seit Tagen drängen und kein Wort darüber verlieren, dass man sich Steine in die Manteltaschen stecken muss, wenn man ins Wasser geht.

Ihr Pfleger und Ein und Alles Leonard könnte natürlich fragen, was sie da draußen in Wind und Regen gewollt hat, doch er fragt nicht danach; sie würde auf der Stelle schreien, wenn er jetzt mit Fragen käme, es ist schlimm genug, dass er da ist und ihr begütigend über den Kopf streicht.

Sie weiß, dass er seit Jahren eine Art Roman über sie schreibt, oben in seinem Zimmer, wo er sich regelmäßig Notizen macht, denn das tut er, er führt Buch über sie, das tägliche Auf und Nieder, Abstürze und Besserungen, ihren flatternden Blick und wie sie schläft und isst oder was sonst er für bemerkenswert halten mag, dass sie allmählich verrückt wird.

Seit sie zurück ist, hat er ihr nur seinen Wärterblick gezeigt. Er macht einen besorgten Eindruck, aber von der Szene am Fluss hat er keine Ahnung, wie nichtswürdig und lächerlich nass sie dort war, als wäre sie tatsächlich eine Verrückte.

Vielleicht denkt sie das über sich.

Als er endlich gegangen ist, legt sie sich ins Bett, denn immer, wenn sie sich wie eine Versagerin fühlt, legt sie sich ins Bett, und sie hat ihr halbes Leben im Bett verbracht. Es ist Nachmittag; bis vor Kurzem war das die Zeit, in der sie sich mit der Zeitung oder ihrem Tagebuch beschäftigt hat, aber sie liest und schreibt seit Wochen nicht, sie möchte am liebsten zurück ins Wasser.

In ihren Notizheften stehen diverse Geschichten von Leuten, die ins Wasser gegangen sind; die alte Frau aus der Nachbarschaft, die sich bei Piddinghoe ertränkt hat, oder ein Fall während des ersten Krieges, wo man bei Teddington an einem einzigen Tag drei Leichen flussabwärts treiben hat sehen. Ihr Freund und Schriftstellerkollege Hugh Walpole hat sich vor Jahren aus Liebeskummer zu ertränken versucht, was ja sonst nur Frauen tun, aber der arme Hugh liebte ja auch einen Mann.

Das ist, was sie in etwa denkt, während draußen wie üblich die Vögel singen, dass nun endlich Frühling ist und alles wieder von vorne beginnt, was sie in allen möglichen Variationen bejubeln und begrüßen und damit nur beweisen, wie dumm sie sind.

Es gibt Tage, da kann sie Wort für Wort verstehen, was die Vögel unter sich besprechen, aber heute sind es nur Gesänge, in denen sie mit keiner Silbe vorkommt; sie mögen sie nicht besonders, so viel ist klar, ihre verdammte Eitelkeit und wie wenig sie in ihrem Leben zustande gebracht hat, weshalb sie nun verdientermaßen die Quittung dafür bekommt.

Es ist alles umsonst gewesen; das Gebäude, das ihr Leben gewesen ist, liegt in Trümmern, aber es ist kein völliges Durcheinander, jemand hat schon ein bisschen aufgeräumt und das Material schön säuberlich auf mehrere Haufen verteilt, Stein und Holz und Metall, wobei beim besten Willen nicht zu erkennen ist, was man dereinst damit noch anfangen soll.

So in etwa sieht es in ihr aus, das, was sie in Bildern davon zu fassen bekommt, und beinahe findet sie es ja interessant, dass man so durch die Reste seines Lebens spazieren kann: Alles ist unwiderruflich ruiniert, aber vorhanden, die Stimmen in den hell erleuchteten Zimmern, die Wohlgerüche der Mahlzeiten, etwas Musik, die fast ganz verklungen ist und einer grässlichen Stille Platz gemacht hat.

Alles ist ganz still in ihr. Auch die Vögel scheinen ihre Gesänge beendet zu haben, wobei sie sich fragt, ob da jemals Vögel gewesen sind, und natürlich ist da überhaupt nichts, wie sie beim Blick aus dem Fenster begreift, nur das Rauschen des Regens, in ihrem Kopf die verhaltene Wut, die Leonard gilt, vorhin seinem Blick, dass er dauernd so tut, als begreife er, dabei begreift er überhaupt nichts.

Irgendwann bringt er einen Teller mit Sandwichs, die Louie, die gute Fee aus dem Dorf, für sie gemacht hat. Doch sie möchte jetzt nicht essen, sie schickt den Mann und die Sandwichs weg und lauscht anschließend seinen Schritten, wie er bekümmert zurück in die Küche geht, sofern er mit seinen Gedanken nicht längst im Garten ist.

Jetzt, Mitte März, wenn der ewige Regen nicht wäre, könnte man im Garten ja schon etwas machen, irgendetwas zupfen, jäten, pflanzen, in der dunklen Erde wühlen oder einfach nur schauen, was sich regt, Tulpen und Narzissen, die ersten zarten Knospen an den Bäumen.

Wenn sie ehrlich ist, hat sie sein ganzjähriges Getue um den Garten immer verachtet, mit einem gewissen Amüsement, aber eigentlich ohne Verständnis, denn so ein Garten setzt ja eine Fügsamkeit in die immergleichen Abläufe voraus, die für sie an Blödigkeit grenzt, von den Kosten, über die sie mehrfach gestritten haben, ganz zu schweigen.

Sie findet, es hat etwas Heroisches, wie er Jahr für Jahr pflanzt und stutzt und sprüht und in die Bäume steigt, den Rasen mäht und die Wespen fängt, sie bewundert ihn fast dafür, seine Erfüllung, die er in der Beschäftigung mit den kleinen Dingen des Alltags hat, während sie zwar darüber schreibt, aber sich nur selten darüber freut.

Und dabei ist so ein Garten doch wirklich schön, wenn im Frühling und Sommer alles blüht und Düfte verströmt, außerdem gibt es jede Menge Abwechslung: am Ende der großen Rasenfläche den Blick bis weit in die Downs, das Schreibhaus natürlich, daneben Kirche und Friedhof, weiter hinten den Obstgarten. Man kann beinahe richtig spazieren gehen, so groß und verwinkelt ist das Gelände; man kann zusammen Bowls spielen oder am Goldfischteich über das Leben nachsinnen, alte und neue Gäste empfangen, sie ein wenig herumführen, was Leonard gerne macht oder vielmehr: gemacht hat, denn inzwischen kommen fast keine Gäste mehr.

Aber letztlich – mal ehrlich – bedeutet ihr das Gartenleben nicht viel, was Leonard gewiss weiß und sogar schon ausgesprochen hat, denn er hängt an ihrem gemeinsamen Leben, während sie nur lose an diesem Leben hängt, und der Garten ist dafür ein Beispiel.

Jetzt, im März, ist es abends völlig dunkel. Man sieht ein paar Schemen, etwas, das sich im Regenwind beugt und wieder aufrichtet. Je länger sie schaut, desto sicherer ist sie, dass Leonard da draußen ist. Sie meint zu erkennen, wie er sich nahe der Friedhofsmauer mit einer Stelle im Rasen beschäftigt, etwas aufhebt und sofort wegwirft, aber wahrscheinlich bildet sie sich das ein, und es ist nur ein Schatten von wer weiß was, ein versteckter Hinweis auf das, was bleiben wird, Leonard und sein Garten, und wenn Leonard nicht mehr ist, der Garten für sich, bevor auch der Garten nicht mehr ist.

Vielleicht sollte sie ja über Leonards Garten schreiben, über das Leben der Schmetterlinge, den Wind, die unerschöpfliche Vielfalt der Wolkenformationen, die rot blitzenden Fische im Teich, die Entengrütze, wie Entengrütze schmeckt.

Wird sie jemals wieder schreiben?

Nichts bezweifelt sie mehr als das.

Sie könnte an ihren Erinnerungen weiterarbeiten, mit denen sie sich zuletzt beschäftigt hat, aber das Vergangene ist Gift für sie; man wird es nicht los, wenn man darüber schreibt, man friert es nur ein, bestattet es unter Hügeln aus Worten, die großteils unaufrichtig sind, weshalb am Ende alles immer weiter rumort.

Sie hat es so unendlich satt, dass alles immer weiter rumort, dass sie nie fertig wird und unablässig in dieselben Sackgassen, Nöte, Lächerlichkeiten gerät. Dieses ewige Kreisen um sich selbst ist lächerlich, denn was ist schon so ein einzelnes windiges Ich, verglichen mit dem All und den Sternen darin, dem kalten Dadraußen, in das nicht mal die deutschen Bomber gelangen können, und sonst gelangen sie ja so gut wie überallhin.

Vielleicht sollte sie über die Sterne schreiben, über eine Reise ins All, so man das erfinden kann, wie unerbittlich kalt es dort ist, wie ungastlich, während man selbst gegen jede Vernunft darauf beharrt, ein Gast zu sein, jemand, der willkommen ist, obwohl man nie und nirgends willkommen ist und stattdessen in einer Kapsel durch den leeren Raum fliegt und sich von den Schwingungen des eigenen Körpers wärmt.

Draußen sind keine Sterne zu entdecken; es ist stockfinstere Nacht. Es ist albern, über Sterne nachzusinnen, sie interessieren sie gar nicht. Es interessiert sie rein gar nichts. Sie liest keine Zeitung, will im Radio nicht hören, welche neuen Unglücke geschehen sind, kurz: Sie ist die langweiligste Person der Welt.

Mein Gott, was ist sie doch früher in Gesellschaft oder ihren Briefen amüsant gewesen, mit ihren schadenfrohen Bemerkungen zum Unglück anderer Leute, ihren guillotineartigen Urteilen über Aussehen und Charakter von wer weiß wem, während sie jetzt nur noch um ihr kümmerliches Unglück kreist.

Es fällt ihr nichts Neues mehr zu sich ein, und deshalb wird sie nicht mehr schreiben, da man im Grunde ja immer bloß über sich schreibt, auch wenn man über ein Gewitter in einem Garten schreibt.

Darüber müsste sie genauer nachdenken, aber sie hat keine Lust, genauer nachzudenken, obwohl man natürlich immer etwas denkt oder zur Kenntnis nimmt, hier, in ihrem Zimmer, die Dinge, ihren eigenen Geruch, das kaum merkliche Geräusch der Bettdecke, wenn sie sich auf die andere Seite dreht.

Über all das könnte sie schreiben: die große Stille um sie herum und aus welchen Winzigkeiten das Leben besteht, selbst wenn man wie sie herumliegt und nur weiß, dass man am Leben ist.

Man ist am Leben, und genau das ist das Leben.

₪

Leonard ist noch einmal gekommen. Eigentlich steckt er nur kurz den Kopf herein, als fürchtete er, sie könnte wie damals nach der Hochzeit plötzlich toben und nach ihm schlagen, wenn er näher kommt. Und tatsächlich bleibt er die ganze Zeit in der Tür.

Es ist ihr nicht recht, dass er nach ihr sieht. Offenbar hat er die Befürchtung, sie könnte sich bei ihrem seltsamen Spaziergang erkältet haben, und ermahnt sie ein weiteres Mal, dass sie bei diesem Wetter nicht im offenen Mantel nach draußen gehen darf.

Ja, ja, sagt sie. Und nein, erkältet habe sie sich nicht, sie sei nur erschöpft, sie wisse selbst nicht recht, wovon.

Mit einem innig vagen Lächeln sagt sie das und fragt sich nicht zum ersten Mal, wer er wirklich ist.

Sie kennt die winzigsten Details an ihm, seinen Geruch wahrscheinlich noch am wenigsten, seine unerschöpfliche Güte, seine Härte, ja doch, das strenge Gesicht, seine sehnigen Hände, die Arme, den Blick, der den anderen selten freigibt, aber vor allem seine unerbittliche Härte, gegen sich selbst, gegen seine Feinde, manchmal gegen sie.

Sie will auch jetzt nicht, dass er bleibt, und lächelt ihn ohne Unterlass an, wie ein kleines Mädchen, das sie ja ist und bis zum Ende bleiben wird.

Sie möchte nur immer schlafen, sagt sie, in der Hoffnung, dass es nach der kleinen Verrücktheit am Morgen ein Häppchen Schlaf gibt, zur Belohnung, weil sie rechtzeitig zur Vernunft gekommen ist, obwohl es eine große Dummheit war, aber womöglich ist die Dummheit ja ein Teil der Vernunft.

Den Brief, den sie an ihn geschrieben hat, hat sie – Sie hat vergessen, was sie mit dem Brief getan hat.

Ist sie zwischenzeitlich aufgestanden und hat ihn geholt? Wenn sie ihn geholt hat, was schwerlich sein kann, muss er hier im Zimmer sein, irgendwo zwischen den Shakespeare-Ausgaben, hofft oder vermutet sie. Wenn sie ihn auf dem Kaminsims abgelegt hat oder er zu Boden gefallen ist, wäre das allerdings eine Katastrophe, und deshalb muss sie jetzt im Liegen alles rasch absuchen, aber so, dass Leonard es nicht bemerkt, nur leider bemerkt er es, an seinem Blick meint sie zu erkennen, dass er sie längst für eine Irre hält.

Nein, nein, es ist nichts, sagt sie zu diesem Blick, bitte geh, du kannst unbesorgt gehen; ich höre keine Stimmen, die Gespenster sind nach Hause gegangen, sie wollen schlafen wie ich, bitte lass mich schlafen.

Dabei weiß sie, dass sie jetzt nicht schlafen wird; sie lügt, und so als Lügnerin ist sie beinahe wieder in ihrem Element; wenn sie lügen kann, ist noch etwas von ihr vorhanden.

[MITTWOCH, 19. MÄRZ]

Dass sie nicht schläft, ist seit Wochen lästige Routine, was nicht heißt, dass sie wacht oder im Wachzustand träumt, wenngleich man es auch Träumen nennen kann, ein vages Abtasten der Optionen und inwieweit sie bereit ist, sich noch einmal mit Haut und Haar zu überlassen, was sie ja vor wenigen Stunden dort am Fluss versucht hat: Ich gehe in den Fluss, aber nicht aus Kummer, sondern weil dort jemand auf mich wartet.

Die Idee ist ohne Zweifel frivol, fast ein bisschen peinlich, obwohl es ja nicht um körperliche Liebe geht, aber in gewissem Sinne eben doch, und es ist aufregend, sich die einschlägigen Szenen auszumalen, den ungefähren Ablauf, Küsse und Umarmungen, die Erkundungen, das Seufzen nicht zu vergessen, das Innehalten und die Wonne, die in diesem Innehalten liegt, das finale Entzücken.

Der Gedanke beschäftigt sie, seit sie Mitte vierzig ist: dass man den Tod in eine aufregende Erfahrung verwandeln muss, so wie man es in der Jugend in seinen Phantasien über die Ehe gemacht hat. Mit Mitte vierzig ist das nur ein Satz gewesen, ein frecher, nicht mehr ganz jugendlicher Blick nach vorn, aber jetzt verbindet sich ein neues Gefühl des Entgegenkommens damit, die aktive Bereitschaft zu empfangen, was auch immer es genau sei.

Fast genießt sie das. Sie hat in ihrem Leben selten so empfunden, mit der furchtbaren und selig machenden Vita ein paarmal, im Goldenen Zeitalter der Experimente, wobei die Liebesgeschichte mit Vita sie ja eher überrumpelt hat; als sie anfing, sie ernst zu nehmen, war sie praktisch schon vorbei.

Sie möchte dem Fluss eine schöne Geliebte sein, jung und geschmeidig; sie möchte, dass er sie sieht und birgt, nackt und entgegenkommend, wie sie jetzt ist. Ja, Liebster, sagt oder flüstert sie, so man wortlos flüstern kann, und man scheint es zu können.

Es bleibt etwas Abstraktes, Ungreifbares an diesen Überlegungen, etwas, das kaum der Fall ist, weil sie ja weiterhin allein in ihrem Bett liegt und sich gleichzeitig dort unten am Fluss – es klingt merkwürdig – zu entkleiden beginnt, ohne große Scheu und zugleich hochzeitlich besorgt, wie der Geliebte sie finden wird, so bloß und zitternd, wie sie nur dieses eine, einzige Mal bei Vita gewesen ist, obwohl alles von Grund auf anders ist als bei Vita, denn damals war es ein Handel, ein Geschäft, damals gab es Bedingungen, aber jetzt ist jede Bedingung weggefallen.

Sie kann nur weinen über diese sehnsuchtsvolle Bedingungslosigkeit. Und tatsächlich weint sie jetzt, nicht sehr lang, still und beinahe selig, an der Kante des Schlafes, wo sie eine Weile herumbalanciert, bevor sie irgendwann einschläft und später aufs Neue wacht.

Weiterhin ist sie erstaunlich ruhig. Sie hat sich von dem Geliebten entfernt, er ist zuverlässig da, aber nicht mehr in unmittelbarer Nähe; es wird dauern, bis sie sich ihm wieder nähern kann, dazu ist das Gefühl der Niederlage zu groß.

Sie nippt an der Milch, die Leonard vor Stunden gebracht hat, sie ist wach, und sie ist einverstanden, wach zu sein, die Schlaflosigkeit ist wie eine Hülle, eine Art Hütte, in der sie am Boden kauert und wartet, was kommt.

Die Hütte ist nicht besonders groß, trotzdem hat das komplette Haus darin Platz, die schlafenden Dinge darin, die Stille, aber auch die früheren Häuser und

Wohnungen ihres Lebens, und deren sind ja eine Menge – neun allein in London, die meisten an Plätzen, dazu der Besitz auf dem Land, das unvergessliche St. Ives, dem sie in der *Fahrt zum Leuchtturm* ein Denkmal gesetzt hat, das dunkle, feuchte Asham, in dem es trotz der sechs großen Fenster immer schattig war, sowie das Haus, in dem sie gerade wacht, die Endstation, die Monk's House heißt.

In all diesen Behausungen hat sie sich vor Zeiten bewegt und kann sie sich weiterhin bewegen. Obwohl sie manchmal Mühe hat mit den Details, Gegenstände nicht findet oder hin und her schieben muss, eine Tür, sperrige Schränke, Betten, Ausblicke, und dann anfängt, das eine oder andere zu modellieren, eine Wand neu streicht oder ein Fenster bricht, wo vorher keines gewesen ist.

Auch Bücher sind Behausungen, hat sie immer gedacht, dunkle Verliese oder lichtdurchflutete Kathedralen, Hütten und Paläste, je nachdem.

Tatsächlich hat sie ihr Leben lang gebaut, Sätze, Mauern, Durchbrüche, Kapitel mit und ohne Aussicht.

Schreiben ist Drecksarbeit, man macht sich schmutzig dabei, man schwitzt und bekleckert sich, bewegt sich in unerfüllten Räumen.

Bei jedem Buch, das sie begonnen hat, hat sie von Umzügen und Renovierungen geträumt, unfertigen Hallen und Dachstühlen, durch die es hereinregnete, Wänden mit unansehnlichen Tapeten, die abgeschabt werden mussten, dazu der unermessliche Kleinkram, der zu erledigen blieb und mit dem sie nie fertig werden würde, und dennoch war sie jedes Mal fertig geworden.

War das etwa nichts?

Man konnte in Büchern wohnen. Man konnte sie begehen, sich niederlassen, im Detail selbstverständlich kritisieren, Farben und Töne, die Geschmackssache waren, na gut – aber was war das gegen die herrlich zuverlässigen Mauern und Fenster, durch die viel Licht kam und die das Drinnen und Draußen in allerschönster Weise verbanden.

Für Minuten ist sie fast beruhigt.

Sie hat keinen Plan, sie baut gerade nicht, aber sie denkt daran, der Raum ist vorhanden, sie braucht nur hineinzugehen, obwohl es sicher klug ist, wenn sie noch ein Weilchen wartet, hier, in ihrer Hütte, wartet und dann aufsteht, anfängt.

2

Gegen Morgen meint sie draußen Motorengeräusche zu hören, ein Flugzeug, wie sie annimmt, ein feindliches Etwas, das auf der Suche nach ihr ist, aber sie zu ihrem Glück oder Unglück nicht findet.

Eine Weile denkt sie darüber nach. Niemand weiß, wann genau sie kommen, aber dass sie kommen, ist so gut wie gewiss. Sie werden immer neue Waffen erfinden und jeden Landstrich mit unlöschbaren Feuern überziehen, in denen alles und jeder zu Schutt und Asche wird, die Bäume, Pflanzen, schreiende Kinder, Vögel, die Häuser, ihre Bewohner, die es ausnahmslos treffen wird, ohne Ansehen von Geschlecht und Alter, wieder und wieder, bis das Land von einer riesigen Armee von Toten bevölkert ist und überall öde Leere herrscht, in einem auf Jahrzehnte unbewohnbaren Gebiet.

Unter Umständen gefällt ihr ja etwas daran.

Sie möchte ungern selbst in diesen Feuern sein, aber den Tabula-rasa-Zustand findet sie interessant; absolut entsetzlich, aber interessant. Denn irgendwelche Menschen werden alles neu aufbauen, und was ist das für ein Versprechen, dass man alles neu aufbauen kann, neu denken, neu entwerfen, nicht nur die Häuser, Straßen, Städte, auch den Menschen selbst, seine Seele, so es eine Seele gibt. Das Alte wäre unwiderruflich dahin, das ganze Unglück, das im Alten steckt, könnte man herausreißen und neu justieren, die Gesetze, was ein Mann ist und was eine Frau, den ganzen Kladderadatsch der Feindschaft und des Kummers.

Leonard würde sie auslachen für solche Überlegungen, wenn man sie Überlegungen nennen darf, da es ja eigentlich nur Bilder sind, innere Zustände, Möglichkeiten, weil doch immerzu alles möglich bleibt, wie unwahrscheinlich es derzeit auch scheint. Der Mensch selbst ist so eine unwahrscheinliche Möglichkeit, dass es Leben gibt, das All, die Sterne, hier, in ihrem Bett, diesen Moment, dass es diesen einen, einzigen Moment gibt, und das Ich, das in diesem Moment wohnt und jederzeit mühelos zum nächsten geht und von dort zum übernächsten.

Und jetzt, na endlich, findet sie in den Schlaf. Es ist früher Morgen, weit nach sechs, wir haben Gelegenheit, sie länger zu betrachten, ungefähr aus der Position, aus der Leonard sie später betrachten wird, auf halbem Weg zwischen Tür und Bett, die schlafende, müde Frau, die sie ist, das alternde Mädchen, das nicht schön anzusehen ist, so mit offenem Mund und eingefallenen Wangen.

Ihre Haare sind von gestern ziemlich verstrubbelt. Augenscheinlich hat sie sich, wenn überhaupt, nur flüchtig gekämmt, sie achtet nicht gut auf sich, lässt sich gehen, wobei sie ja nie sonderlich viel auf ihr Äußeres geachtet hat, sich auch nicht darauf versteht und seit jeher in unerfreuliche Hut- und Kleiderdramen verwickelt gewesen ist, langwierige Kämpfe vor dem Spiegel, bei denen sie selten die Gewinnerin war, aber manchmal eben doch, um anschließend von einem Clive oder sonst wem für ein neues Kleid oder einen Hut verspottet zu werden, dass sie vor Scham in den Boden hätte versinken mögen.

Ihr Atem geht ganz ruhig. Fast möchte man bezweifeln, dass sie atmet, zumindest gibt es vorläufig keinen echten Beweis dafür, und so beugen wir uns ein wenig vor, damit wir besser hören, welche Geräusche sie macht, und wirklich hören wir jetzt recht gut ein vages Rascheln oder Schaben, dann eine Weile nichts, bevor wir endlich ihren Atem zu fassen kriegen, der nicht so flach ist, wie man hätte glauben können.

Er ist völlig normal, nicht wahr? Es gibt einen stabilen Rhythmus, das regelmäßige Ein und Aus, was ja bedeutet, dass man sich um das struppige Wesen derzeit keine Sorgen machen muss, es lebt, es ist nicht weggelaufen, es ist da und wartet auf den Ehemann, der heute nach London muss, aber nicht ganz gleich.

Er ist schon zum zweiten Mal in ihrem Zimmer. Das erste Mal hat sie es nur am Rand bemerkt, aber jetzt riecht es in unmittelbarer Nähe nach Tee und Orangenmarmelade: Der gute Leonard hat das Frühstück ans

Bett gebracht, und überraschenderweise hat sie tüchtig Appetit. Er erkundigt sich nach der Nacht und setzt sich in den Stuhl, auf dem sie ihre Kleider ablegt und auch gestern abgelegt hat, und beinahe gefällt er ihr, wie er da sitzt, in Hemd und Weste, mit seinen würdevoll gefalteten Händen, die ihr sagen, dass er wie immer die Geduld in Person ist.

Ja, danke, die Nacht war gut, sagt sie.

Die Nacht war so lala, sie macht sie entschieden besser, als sie gewesen ist, isst ein Stück von dem Brot mit Marmelade, nippt am Tee und spürt, wie sie wieder zappelig wird. Der Brief im Gartenhaus – oh weh – fällt ihr ein, und nein, sie hat ihn definitiv *nicht* mit in ihr Zimmer genommen; er liegt weiterhin auf dem Schreibtisch, weshalb sie jetzt vor dem Mann so tun muss, als wolle sie unbedingt arbeiten, es jedenfalls versuchen, die paar Stunden, die ihr laut Plan zur Verfügung stehen.

Offensichtlich freut sich der Mann, dass sie ans Arbeiten denkt, denn er nickt und klopft sich wie zur Bestätigung auf die Schenkel, bevor er aufsteht und sich auf den Weg nach London zu seinem wöchentlichen Termin in der Zeitschrift macht.

Sie hat keine Ahnung, worin seine Arbeit dort genau besteht, sicher hat sie es mal gewusst, aber jetzt fällt es ihr kaum ein. Sie hält nicht viel von seiner Arbeit, wenn sie ehrlich ist, wahrscheinlich aus Neid, aus Eifersucht, wie sie es nennt, weil er mit allem unverdrossen weitermacht, während sie sich von diesen verdammten Deutschen beeindrucken lässt.

Man wird nicht wissen, wohin man fliehen soll; der Ring wird sich schnell schließen, und dann werden sie die Tür eintreten, schwer bewaffnete Männer, die nicht das geringste Mitleid kennen und ihr nicht so unähnlich sind, wie sie womöglich glaubt.

Der Brief, das ist eine Erleichterung, liegt tatsächlich auf dem Schreibtisch, genau so, wie sie ihn tags zuvor hinterlassen hat. Sie könnte noch einmal lesen, was sie da in einer Art Wahn geschrieben hat, und erwägt das auch kurz, aber dann steckt sie den Brief lieber ungelesen zwischen einen Stapel Papiere.

Tja, und nun weiß sie nicht, was tun. Abwechselnd sitzt und geht sie, wechselt vom Stuhl auf den Sessel und wieder zurück auf den Stuhl, starrt nach draußen, wo die Bäume vom Wind bewegt werden, starrt auf das viele Papier, das auf dem Schreibtisch liegt, die Kratzer und Flecken, die ihr alle nichts sagen.

Nirgendwo sonst hat sie sich so wohlgefühlt wie in diesen Wänden, aber seltsam, sie weiß kaum mehr, warum. Sie sieht nur irgendwelche Gegenstände, die ihre Bedeutung verloren haben, als wäre sie bereits vor Jahren ausgezogen und nur noch einmal vorbeigekommen, um zu entdecken, dass alles nur Einbildung gewesen ist.

Wie gerne wäre sie jetzt die Virginia, die sie gewesen ist, wenn sie die Bücher ihrer Konkurrenten in die Finger bekommen hat und gleich auf den ersten Seiten wusste, dass sie kein gutes Haar an ihnen lassen würde, mit dem erhebenden Wissen, dass sie einfach besser war, turmhoch überlegen – ihrem Mann natürlich, ihrer Beinahe-Freundin Katherine Mansfield oder dem ekelerregenden Joyce mit seinem penetrant ichbezogenen *Ulysses*. Joyce war ein Ziegenbock, eine dieser animalischen Existenzen, wie sie einem überall begegneten, Angehörige der Mittelschicht, Arbeiter, Adelige, egal; die meisten waren mehr oder weniger scheußliche Tiere, Kröten, Käfer, Fliegen, Affen und Hennen, Leute, die den Verstand eines mittelgroßen Kaninchens hatten und denen man das hin und wieder ins Gesicht sagen musste; bei einer erfolglosen Stückeschreiberin hat sie das überflüssigerweise mal gemacht, aber was für eine Freude das war, jemandem an einem einzigen Abend das Leben zu zerstören, das weiß sie noch.

Wahrscheinlich wäre sie heute gar nicht mehr in der Lage dazu. Es fehlt ihr, scheint es, die Wut, das Feuer des Neids, der sie einst nach oben getrieben hat, ohne genau zu wissen, was dort oben sein würde, ein nie verlöschendes Licht, funkelnd und weich, etwas, in dem man zugleich sichtbar und verborgen war.

In diesem wolkigen Zustand hat sie lange gelebt. Und sie hat es genossen, so zu leben. Wo immer sie aufgetaucht ist, hat es ein leises Raunen gegeben – seht nur, da ist sie, sie ist mitten unter uns, sie gibt sich die Ehre, beugt sich zu uns herab und schenkt uns – einen Satz, ein Lächeln. Ist sie es wirklich? Was sie wohl über uns denkt? Ihr kleiner Hunderoman soll ja zum Verlieben sein. Und wie schön sie über Leuchttürme schreibt, das Meer und die unruhigen Gedanken und Gefühle der Menschen. Ist es zu glauben, dass ein einzelner Kopf derartige Texte gebiert?

Sie hat keine Ahnung, wie es je möglich gewesen ist. Vielleicht hat sie ja all die Jahre unter dem Schutz der Götter gestanden, und dann verloren sie die Lust und machten sie zu dem haltlosen Niemand, der sie, ja leider, von Anfang an gewesen ist.

Gegen Mittag merkt sie, dass es ein Fehler gewesen ist, ins Schreibhaus zu gehen. Der Besuch hat ihr nicht gutgetan, nicht mal Leonard glaubt, dass solche Besuche derzeit von Nutzen sind.

Louie hat in der Küche eine Kleinigkeit zu essen vorbereitet, aber natürlich nützt auch das Essen nichts, sie spürt, wie sich in ihr schon wieder alles bereit macht, sie zu quälen. Die Liste der Symptome ist lang, sie kennt sie auswendig: die lästigen Kopfschmerzen, den jagenden Puls, die Unruhe und Nervosität, dazu in den Nächten das ewige Wachliegen, das sie mit Schlaf- und Beruhigungsmitteln und Spaziergängen zu bekämpfen versucht, nicht selten vergeblich.

Leider taugt das Wetter derzeit nicht für Spaziergänge; bei der bloßen Vorstellung beginnt sie zu frösteln. Außerdem möchte sie sich da draußen nur ungern – wie soll man sagen – erklären, dem Fluss, den Göttern, die in ihm wohnen und auf sie achten, aber im Gegenzug auch etwas von ihr verlangen, Dankbarkeit ist das falsche Wort.

Sie ist kein dankbarer Mensch; bei Leonard zum Beispiel bedankt sie sich so gut wie nie. Er hat müde ausgesehen, als er ging, alt und beinahe gebrechlich wie sie selbst, nur dass es sie bei ihm nicht stört. Im Gegenteil: Männer müssen ein gewisses Alter haben, sonst nimmt man sie nicht ernst, außerdem mag sie seine Furchen im Gesicht, das zerklüftete Gelände, das es ist und schon war, als sie ihn kennenlernte.

Sie haben seit Tagen nicht richtig miteinander gesprochen, fällt ihr auf; er fragt regelmäßig nach ihrem Zustand, ob sie etwas braucht, in welcher Sorge er ist, aber er bewegt sich nicht zu ihr hin, wahrscheinlich weil er spürt, dass sie das nicht will und im selben Moment nur das.

Leonard glaubt natürlich nicht an Götter. Er glaubt an Vernunft und Disziplin, er glaubt an harte Arbeit, an Botschaften, die man den Leuten einhämmern muss, während sie kaum erklären könnte, worüber sie all die Jahre geschrieben hat – über die Momente des Lebens vielleicht, ihr Kommen und Gehen, ihre Flüchtigkeit, ihre Präsenz.

Alles ist getupft bei ihr, auf eine flirrende Weise bunt, ohne erkennbare Linie, wohingegen bei Leonard überall Linien sind; man weiß jeden Augenblick, wo man ist – wenn er eine seiner brillanten Reden hält, in seinen immerklugen Welterklärungsbüchern, von denen nicht viel bleiben wird, wie sie glaubt.

Dass er sich nicht weiter an Romanen versucht hat, ist wahrscheinlich der Grund, warum sie nie ernsthaft auseinandergegangen sind; hätte er es weiter mit Romanen versucht, wären sie längst auseinander. Denn es können zwei Menschen nicht unter einem Dach leben und Romane schreiben, davon ist sie überzeugt, dazu brauchen sie zu viel Platz, die Vielzahl der Stimmen, die Töne, Farben, die sich überallhin ausbreiten und nichts anderes neben sich dulden.

Wenn sie erst aus dem Weg ist, wird er es eventuell wieder versuchen, wobei sie ihm das im Ernst nicht raten möchte. Der Roman über seine Jahre als Kolonialbeamter in Ceylon war ja nicht schlecht, aber dann sein zweiter über die Zeit ihres Kennenlernens, in dem er sie als kaltes, egoistisches Monster porträtierte – er hat sie regelrecht schockiert, ja, aus der Fassung gebracht, was sie sich anfangs nicht eingestanden hat, aber dann doch, und kurz darauf brachte man sie in die Klinik, wo sie ihn lange nicht zu sich ließ und dann schlug und erst sehr viel später vergaß und das schreckliche Buch in sich begraben hat.

Sie weiß nicht, inwieweit er bis heute so über sie denkt, Wahrnehmungen verändern sich, ihre nicht weniger als seine. In den Anfangsjahren, als sie selbst ein Niemand war, hat sie ihn sehr bewundert und dann gut zehn Jahre genossen, dass sie beide auf je eigene Weise zu kleinen

Berühmtheiten wurden, bis irgendwann nur noch sie die Berühmte war und es sie plötzlich zu stören begann, dass er ihr Geld ausgab und nicht mehr richtig zupackte als Schreibender, will heißen: keinen lumpigen Penny verdiente und sich auch nicht sonderlich bemühte.

Sie muss eine Weile in sich suchen, bis sie den Ärger von damals wiederfindet, aber siehe, er hat sich fast unversehrt erhalten, womöglich ist sie ja damals, als sie sich weigerte, die ehelichen Einkünfte wie bisher zu teilen, zu großzügig gewesen, denn geteilt werden sie bis heute, wenn auch erst ab einer gewissen Summe.

Leonard ist ein Schattenmann.

Er fährt einmal die Woche nach London, um sich über seine dumme Zeitschrift zu besprechen, er hält Reden für den Traum vom Sozialismus, er kümmert sich um sie, aber mit ihm tauschen möchte sie nicht, und wenn, dann nur in dem einen Punkt, dass er sein Leben akzeptiert, wie es ist, und dies, obwohl er von allem viel weniger hat als sie.

Als er gegen fünf zurückkommt, freut sie sich. Die Kopfschmerzen sind kein bisschen besser geworden, sie sind eher schlimmer, wenn sie nicht bald etwas unternimmt, werden sie unerträglich sein; sie muss an die frische Luft, am besten in Begleitung ihres Mannes, der auch gleich einwilligt und sie ermahnt, den Mantel bis oben zuzuknöpfen und Schal und Mütze zu nehmen, denn draußen ist es zwar ansatzweise sonnig, aber windig und kühl.

Und so gehen sie. Anfangs ungefähr den Weg, den sie am Vortag gegangen ist, weiter links über die Moorwiesen, direkt am Fluss lieber nicht, weil sie ihm jetzt nicht begegnen möchte, obwohl ihre Blicke mehrfach hinüberwandern und sie ihn stumm und schüchtern begrüßt.

Ja, hier, ich bin da, ich gehe mit meinem Mann.

Jetzt, im späten Nachmittagslicht, schimmert das Ufer in einem zarten Violett. Die ersten Narzissen sind zu sehen, die unvermeidlichen Kühe, vereinzelt Krähen, von denen sie annimmt, dass sie Zeugen der gestrigen Szenen gewesen sind und sich eine unangenehme Meinung über sie gebildet haben.

Sie hat keine große Erfahrung mit Heimlichkeiten, von der Geschichte mit Vita abgesehen, wobei Leonard ja zu jedem Zeitpunkt alles gewusst hat, in groben Zügen jedenfalls.

Macht es die Sache besser, wenn der andere Bescheid weiß?

Sie kann von diesem anderen zu ihrem Mann nicht sprechen, obwohl er sicher auch darin seit Ewigkeiten Bescheid weiß, ahnt, dass es da jemanden gibt, und, wie es seine Art ist, kein Wort darüber verliert.

Tatsächlich ist es noch einmal fast schön, so mit ihm zu gehen. Leonard berichtet von seinem Termin, dem seltsam stillen Eindruck, den London auf ihn gemacht hat; zwischendurch nimmt sie länger seine Hand, damit er glaubt, dass sie in leidlich guter Verfassung und auch gestern nur so für sich unterwegs gewesen ist und weiter nichts Besonderes war.

Wenn sie ehrlich ist, ginge sie am liebsten allein. Man kann besser denken, wenn man allein ist, außerdem hat sie die Landschaft immer als die ihrige betrachtet, drüben den sanften Schwung der Hügel, die sie im Lauf der Jahrzehnte alle erklommen hat, die Wiesen, Weiden, Himmel, die Geräusche und Gerüche, die nur da sind, weil sie empfänglich für sie ist, und genau darin besteht ja wahrscheinlich ihr Unglück.

Wie wird es also enden, fragt sie irgendwann. Mit mir, mit uns beiden, diesem verdammten Krieg. Wird es jemals enden?

Ja, sagt er, obwohl sie offengelassen hat, was genau enden soll.

Trotzdem sagt er Ja. In ein paar Jahren, ich weiß nicht, sagt er. Er bittet sie um Geduld, mit sich, mit ihm. Es sind schwere Zeiten für alle, für das ganze Land.

Das ist ohne Zweifel wahr, sagt sie, die sich eine andere Antwort gewünscht hat; sie weiß nicht, wie sie weiterleben soll, während die Leute zwar um ihr Leben fürchten, aber jederzeit wissen, dass es weitergehen soll.

Plötzlich fühlt sie sich völlig schutzlos neben ihm. Er ist an ihrer Seite, ein gehender Mensch, der Mann, mit dem sie ein gemeinsames Haus bewohnt, aber er bietet ihr nicht den geringsten Schutz. Sie ist komplett auf sich allein gestellt, wie sie zu begreifen meint, die lange Ehe hat nicht das Geringste daran geändert.

Sie kann nicht erkennen, was sie jetzt noch retten soll,

außer vielleicht die Landschaft, und so holt sie sich, was sie von ihr kriegen kann, ihren Schwung, die dämmrigen Farben, dass alles weit und zuverlässig ist, am Himmel das Geschiebe der Wolken, ab und zu einen schwachen Duft. Sie wird in dieser Landschaft nicht mehr oft gehen, so viel scheint ihr klar, während Leonard tapfer so tut, als wäre es ein x-beliebiger Spaziergang, dem nach Belieben weitere folgen werden.

Lass uns umkehren, sagt sie, also kehren sie um.

Auf dem Rückweg bläst ihnen der Wind direkt ins Gesicht, sie muss die Mütze festhalten, damit sie nicht davonfliegt, und so ist noch einmal eine Art Spaß, etwas, über das man lächeln kann, und tatsächlich lächelt sie, später, als sie in der Diele vor dem Spiegel mit dem geblümten Stoffrand steht und sich wundert, wie unbeschädigt sie aussieht, wie *normal*, wobei es ja bestimmt nicht wahr ist; das glatte Gegenteil ist wahr.

Ja?, sagt Leonard, der Richtung Treppe gegangen ist, worauf sie sich aus welchen Gründen auch immer bedankt, für das gemeinsame Gehen, das Leben, das sie völlig umsonst gelebt haben, oder warum gibt es ihr nicht den geringsten Halt.

Offenbar steht es doch schlimmer um sie, als sie gedacht hat. Sie ist ernsthaft krank, in ihrem Kopf ist jede Menge kaputt, ihrer Seele, oder wo auch immer ein Mensch kaputtgeht und nicht ohne Weiteres repariert werden kann.

Sie hat keinen Namen für ihre Zustände, aber sie hat gelernt, dass sie in Wellen kommen; das, was da in ihr lauert, der Wahn, der womöglich nur Eitelkeit ist, wie sie gelegentlich glaubt, ihre verquere Art zu fühlen, sich zu erinnern, wenngleich ihr Erinnerungen derzeit nicht willkommen sind, die ganzen Toten, die in ihr hausen und lamentierend herumspazieren, als wäre sie an ihrem Totsein schuld.

Sie hat mit Leonard gegessen und sitzt im oberen Wohnzimmer vor dem Kamin. Der Mann, der ihr völlig fremd ist, hat Feuer gemacht und liest, während sie sich von diversen Toten bedrängt sieht und Mühe hat, sie in ihre Schranken zu weisen.

Auch Katherine ist ganz vorne dabei. Die Konkurrentin, die eine Art Freundin war, ist an die zwanzig Jahre tot, aber plötzlich glaubt sie sie zu vermissen, ihre Härte, ihre Ruppigkeit, hinter der sich wer weiß was verbarg.

Ist sie je hier gewesen?

Leonard, den sie danach fragt, meint Nein, aber jetzt auf jeden Fall ist sie hier, mit ihrer albernen Pagenfrisur, ja richtig, ihrem seltsam mädchenhaften Blick, dem man den glühenden Ehrgeiz nicht sofort ansieht.

Sie möchte wissen, was Katherine als Tote von ihr will.

Glaubst du immer noch, dass du die Begabtere bist?

Sie hat sich fast gefreut, als sie erfuhr, dass Katherine gestorben war, und recht viel mehr Erinnerungen hat sie nicht. Was hat sie bloß an ihr gemocht? Den verwandten Geist? Ihren Mund? Ihr ungenaues Lächeln?

Mit niemandem sonst hat sie so offen über ihre Arbeit

sprechen können, über alles, was unaussprechlich daran ist, die Ritzen und Falten, die in guten Texten sind, ihr schmutziges Innenleben, die ganzen Lügen und das bisschen Wahrheit.

Ein paar Jahre hat sie diese andere, die Schwester, in großen Abständen besucht. Irgendwann wurde sie Autorin des Verlages, aber wirklich brillant war sie eben nicht; ihre Texte waren interessant, sie verkauften sich, die Zeitungen waren voll von KM, was ja geradezu ein Beweis war, wie schlecht sie war.

Und dennoch, sie hat dieses luftige Wesen auf ihre Art geliebt. Wäre sie jetzt hier, würde sie Katherine das sagen, denn die Toten sind nicht empfindlich, man kann ihnen ziemlich viel an den Kopf werfen, sogar nachgetragene Lieben.

In einem der Regale müsste ein Exemplar der Wie-hieß-sie-noch-gleich-Erzählung stehen, die sie damals gedruckt haben, aber sie hat nicht die geringste Lust, sie zu suchen, zu welchem Zweck sollte sie das tun, zumal sie seit Wochen kaum mehr liest.

Sie sitzen weiterhin vor dem Kamin, Leonard hat das Radio angemacht, wo sie zum Glück Musik bringen und keine Nachrichten, ein Stück von Bach, die Toccata in C-Dur.

Die Musik von Bach – sie weiß nicht – hat sie immer beruhigt; man meint, jeden einzelnen Ton vor sich zu haben, wie er tanzt und stolpert, aber in schönster Ordnung. Alles ist klar und tröstlich an dieser Musik, und kurze Zeit ist sie tatsächlich so etwas wie getröstet; wenn es Musik wie diese Toccata gibt, haben Sorgen wie die ihrigen keine Bedeutung. Ich bin ewig, sagt die Musik, ich werde nie sterben, während du auf jeden Fall sterben wirst. Warum fürchtest du dich nur davor?

Dabei fürchtet sie sich gar nicht, im Gegenteil.

Diese verdammten Deutschen, hört sie Leonard sagen, der liest und zugleich lauscht und wie üblich an Politik denkt, und dass auch Bach ein Deutscher gewesen ist, man glaubt es nicht. Sie fragt sich, ob man diese Musik hören und gleichzeitig einer dieser Barbaren sein kann, und die Antwort ist, dass man das mit ziemlicher Sicherheit kann.

Die Toccata ist noch nicht zu Ende, aber jetzt meint sie Männerstimmen zu hören, die den Befehl erteilen, schnell weiterzugehen, junge, dumme Stimmen, die brüllen, ja, da drüben, da drüben an die Wand. Das alles kann sie hören, wie jemand leise zu weinen beginnt, ein Kind, wie sie verwundert feststellt, und dieses Kind – kann das sein – weint über sie. Leonard ist keine drei Meter weg, trotzdem gibt es keinen Zweifel, dass es weint, und es ist tröstlich, dass es das tut, es ist seltsam, wie kann es nur sein, dass da wie aus dem Nichts dieses Kind ist.

ש

Inzwischen ist es nach zehn, normalerweise die Zeit, in der sie in ihr Zimmer geht, aber heute möchte sie noch bleiben; Leonard soll bitte das Radio ausstellen, damit es um sie herum ganz still ist, sie möchte in der Stille des späten Abends und der Dinge sein.

Sie ist nicht sicher, ob das in ihrem Zustand hilfreich ist, auch Leonard scheint Zweifel zu haben, schaltet aber das Radio aus und begibt sich mit einem aufmunternden Nicken nach nebenan, wo sie ihn lange hantieren hört, im Bad, wie es leise rauscht, seine Schritte auf dem Dielenboden.

Sie geht nach unten in die Küche und holt ein Glas Wasser für die Tabletten, trinkt es unterwegs aus und spült das Zeug herunter, obwohl sie zuletzt ein wenig den Glauben daran verloren hat, aber was soll's, es macht die Sache immerhin nicht schlimmer.

Und jetzt ist endlich Stille.

Sie geht ins untere Wohnzimmer, das nicht geheizt ist, es ist ziemlich kühl dort, aber still, und sie mag diese Art Stille, wobei die Stille ja bestimmt kein Nichts ist, sondern voller Leben, ein pulsierendes Etwas, das sich ausdehnt und wieder zusammenzieht und seine Quelle in den Dingen hat.

Sind die Dinge nicht das Zuverlässigste überhaupt?

Der Tisch, die Stühle, die über all die Jahre bevölkert gewesen sind, an denen man gegessen und geredet hat, der Sekretär, die Teppiche, Vasen, Bücher, die Lampen, Fenster, die Licht gegeben haben, all die hölzernen, gläsernen, metallenen, papierenen Dinge.

Die Dinge sind wie sie selbst, sie leben, warten, schlafen, und tatsächlich spürt sie, wie sie langsam schläfrig wird. Die Tabletten beginnen zu arbeiten, machen sich in ihr drin zu schaffen, in den Tiefen ihres Kopfes, wo die ganzen Schaltungen sind, die von Zeit zu Zeit nicht ordnungsgemäß funktionieren, manchmal ja, manchmal nein. Es ist der mangelnde Schlaf, der sie verrückt macht; könnte sie schlafen, hätte es mit ihrer Verrücktheit sofort ein Ende, ihren kreiselnden Gedanken, die sich in ihrem Kopf zu massigen Wellen auftürmen und anschließend schnell nach unten ziehen, auf einen schlammigen Grund, wo es unfassbar dunkel ist und still und gut.

[DONNERSTAG, 20. MÄRZ]

Kaum liegt sie im Bett, quält sie sich neuerlich mit dem Roman. Seit Tagen versucht sie sich einzureden, dass es keinen Grund zur Besorgnis gibt, aber es bleibt ein hartnäckiges Gefühl des Misslingens, der Verdacht, dass er dringend überarbeitet werden muss, dabei ist der Erscheinungstermin im Herbst, wie soll sie das in ihrem Zustand schaffen.

Leonard ist voll des Lobes gewesen, aber leider vertraut sie ihm nicht im Geringsten, weiß auch gar nicht mehr, was genau sie gewollt hat, eine Art Bilanz, dass etwas unwiderruflich vorbei ist und nicht wiederkommt, was sie praktisch in jedem ihrer Romane gesagt hat.

Sie weiß überhaupt nichts mehr.

Ihr Werk, glaubt sie sich allen Ernstes eingestehen zu müssen, ist das einer sentimentalen Schwätzerin. Alles ist Stil bei ihr, alles ist Detail, aber eigentlich hat sie nicht viel zu sagen, nichts, womit man als Leser etwas anfangen könnte, nur immer irgendwelche Reste, glitzernde Überbleibsel, die sie wie eine Idiotin gesammelt und aufgehoben hat und für die sich zukünftig allenfalls Museumswärter und Archivare interessieren werden.

Ihre Romane sind Museen, wo hinter Milchglas das Verlorene zu besichtigen ist: die Kindheit, das letzte Jahrhundert, im Grunde sämtliche Jahrhunderte seit Shakespeare, die Sache mit Bloomsbury nicht zu vergessen, das Intermezzo des Friedens.

Es fliegen dauernd Flugzeuge durch ihren Roman – ist das wirklich alles, was ihr zur gegenwärtigen Katastrophe eingefallen ist?

Ihre Sehnsucht nach dem Wasser kommt vor; dass alles ein Ende haben soll. Na gut, und was dann? Eines Tages hat es ein Ende, und was dann?

Sie weiß, dass sie maßlos übertreibt, aber es ist ein masochistisches Vergnügen, so maßlos zu übertreiben und rein gar nichts mehr von sich zu halten, zumal auch in ihren anderen Romanen wenig steht. Zumindest kann sie sich kaum an etwas Genaues erinnern, gibt sich allerdings auch nicht viel Mühe, nur ab und zu eine Wendung fällt ihr ein, der ungefähre Klang, eine Figur wie Mrs. Dalloway, na gut, aber der Rest nur Nebel, was hat sie bloß geglaubt, wer sie ist und was sie kann?

Sie wird den Roman auf jeden Fall überarbeiten. Auch

einen neuen Titel muss sie dringend finden, denn was ist das bloß für ein Titel, *Zwischen den Akten*, damit gibt sie ja zu, dass sie das allermeiste weggelassen hat und ihr diesmal nichts Rechtes eingefallen ist, mit einem Wort: dass sie als Schriftstellerin am Ende ist.

Sie tut sich keinen Gefallen mit solchen Erörterungen, die ja allesamt nicht neu sind und sie ebendeshalb zermürben. Sie sollte sich lieber um ein bisschen Schlaf bemühen und die nächtlichen Fragen und Zweifel zum Teufel jagen. Aber das ist leicht gesagt, die Besucher sind hartnäckig, sie denken nicht daran, sich zum Teufel jagen zu lassen, man scheucht sie kurz weg, und im nächsten Moment nehmen sie erneut Platz, rundherum ums Bett, auf ihrem Kopfkissen, na toll, sie machen wirklich, was sie wollen.

Natürlich könnte sie sich damit beruhigen, dass sie diesen Zustand kennt: Man gibt etwas weg, mit dem man sich jede erdenkliche Mühe gegeben hat, man hat monatelang geschuftet, und plötzlich hält man es für stümperhaftes Zeug.

Aus Erfahrung müsste sie wissen, dass das bei allen ihren Büchern so gewesen ist, aber komisch, sie vergisst es jedes Mal. Oder sie vergisst es gar nicht, ist aber der felsenfesten Überzeugung, dass es diesmal völlig anders ist: Leonard hat sie belogen, auch der Verleger wird sie belügen und ihr aus Rücksicht auf ihre Gefallsucht nicht sagen, dass sie mit ihrem komischen Theaterroman gescheitert ist.

Diese Gefallsucht ist natürlich ganz schrecklich, es ist der Fehler ihres Lebens, wie sie genau weiß, was nichts daran ändert, dass sie immer nur geschrieben hat, um zu gefallen, und anschließend mit leeren Händen dastand, weil man von seinen Bewunderern ja nicht wirklich etwas bekommt, jedenfalls nichts, was bleibt.

Das ist in einem Wort ihr Gefühl, und es ist zum Verzweifeln. Sie möchte schlafen, sie möchte schreiben, aber sie ist völlig kaputt, und so, in ihrer Kaputtheit, fängt sie zu beten an. Seit sie ein Kind gewesen ist, hat sie nicht mehr versucht zu beten, und es ist ja auch schwer, man weiß nicht recht, an wen man sich wenden soll. Außerdem gibt es Götter wie Sand am Meer, man bräuchte Tage, um sie komplett aufzuzählen, obwohl doch vielleicht jemand für sie zuständig ist und sich darum kümmert, dass sie wieder schlafen und schreiben kann.

Darum bittet sie. Sie fleht mehr, als dass sie bittet, wobei sie sich fragt, mit welchem Recht eigentlich; wer sich an die Götter wendet, ist am Ende, aber das ist kein Recht, wenngleich sie immerhin ein gewisses Recht zu haben meint: Sie hat den modernen Roman reformiert und unter Aufbietung all ihrer Kräfte ein Dutzend Bücher publiziert; sie hat sich geschunden und gequält, also bitte lasst mich nicht verkommen, und mit diesen flehentlichen Bitten – die Götter haben Erbarmen – schläft sie ein.

Auch die nächsten Stunden schläft sie – ganz friedlich, wie es scheint. Alle Fragen sind weg, obwohl sie weiter auf der Lauer liegen und bei nächster Gelegenheit anklopfen werden, morgen oder spätestens übermorgen, was kaum mehr als eine Atempause ist.

Morgen – das weiß sie noch nicht – wird ihre Schwester Vanessa sie besuchen, und vielleicht ist das ja etwas, das sie freut und erquickt.

Vanessa ist die Vertraute ihres Lebens und ein lebendiges Beispiel für ihre Erfahrung, dass man sich nur auf Frauen verlassen kann.

Man müsste sie wahrscheinlich nur kurz wecken, und sie könnte sofort sagen, was Männer für sie sind. Männer sind Egoisten, würde sie sagen, im Grunde leblose Kreaturen, und dass sie deren einige gründlich kennengelernt hat, mit ihrem tyrannisch um Aufmerksamkeit bettelnden Vater angefangen, ihren monströsen Halbbrüdern, später den ganzen Sodomiten aus der Bloomsbury-Zeit und was ihr sonst an männlichen Wesen über den Weg gelaufen ist, Verehrer, Kollegen, Angestellte, der untreue Clive, mit dem sie ihre Schwester und Leonard eine hübsche Weile – na ja, nicht wirklich – betrogen hat, dazu Leute aus der Verlagsbranche, die großen langweiligen Herren, die sich auf Gesellschaften tummeln.

Trotzdem würde sie zugeben müssen, dass sie von Männern, streng genommen, wenig weiß. Sie hat über sie geschrieben, gewiss, über ihre Macht, wie sie sich seit Jahrhunderten alles unter den Nagel reißen, ihre

Rücksichtslosigkeiten, ihre Ignoranz. Aber über das, sagen wir, einzelne Exemplar weiß sie praktisch nichts, wie ein Mann fühlt, wie er, sagen wir, innerlich funktioniert, hofft und liebt, wie er in seinem Körper wohnt.

Sie hat so gut wie keine physische Erfahrung mit Männern, von dem blutigen Missverständnis der Hochzeitsreise abgesehen. Sie weiß nicht, wie Männer Lust empfinden, wie schwer oder leicht ein Schwanz ist, wie man ihn wäscht, mein Gott – sie weiß nur, wie versklavt und verbohrt Männer sind und wie empörend unbekümmert und frei.

Lügner und Vergewaltiger sind Männer.

Man muss ja nur die Zeitung aufschlagen, so wie Isa im Roman die *Times*, wo sie bei Gelegenheit liest, wie ein Gardesoldat ein Mädchen missbraucht, sie im Mannschaftszimmer aufs Bett wirft und ihr die Kleider vom Leib zerrt, wobei sie schreit und ihm sogar ins Gesicht schlägt, was ihren Untergang nicht aufhält.

Und das also sind für mich die Männer, würde sie sagen, und zwar wirklich alle, auch Leonard, obwohl die Dinge bei Leonard doch anders liegen, aber sonst alle ohne Ausnahme, die homosexuellen Freunde eingeschlossen, nur dass die in der Vergangenheit wenigstens die Güte hatten, sich gegenseitig in das jeweils passende Unglück zu stürzen, aber was geht sie in ihrem Zustand das Unglück anderer Leute an.

Rein gar nichts geht es sie an. Ihre Arbeit ist, dass sie nicht verrückt wird, dass sie ihre Verrücktheit, sagen wir, wegschläft, und tatsächlich hat sie ja die ganze Zeit geschlafen. Draußen pfeift der Wind, ein paar Äste knacken, was sie vielleicht beruhigt und kräftigt, denn noch im Schlaf ist sie ja immerzu unterwegs, irgendwo nach unten oder oben, wo die Träume hocken oder die Götter oder beide.

3

Eine sonderlich begabte Träumerin ist sie nicht. Bei Freud, von dem sie einiges gedruckt haben, hat sie vor Jahren gelesen, welch sorgsam gehütete Geheimnisse angeblich in Träumen stecken, aber sie kann sich selten darauf besinnen, was da gewesen sein soll, die Wahrheit ist, es kümmert sie nicht groß.

Manchmal, ja richtig, laufen Hunde durch ihre Träume, eher morgens als abends, wie sie festgestellt hat, und jetzt ist früher Morgen, und sie hat Tinker wiedergesehen. Mitten in London auf der Straße steht er plötzlich vor ihr, dabei ist er vor Jahren in den Downs verschwunden und nie mehr aufgetaucht.

In einer Straße in London, die sie nicht kennt. Denn das meint sie zu wissen, dass sie sich im Traum gefragt hat: Wo bin ich? Tinker, bitte sag mir, wo ich bin. Aber Tinker hat nur freundlich geschnüffelt und sich bald weggedreht, um in einem dunklen Hinterhof zu verschwinden.

Sie hat ihr ganzes Leben Hunde um sich gehabt, und wahrscheinlich sind sie ja mit das Beste in ihrem Leben gewesen. Sie hat sie gefüttert, sie ist mit ihnen gelaufen, einmal um die halbe Welt, sie hat sie gerufen und sich ihnen überlassen, ihren feuchten Schnauzen, den Düften ihres Fells, ihrer unverbrüchlichen Treue.

Sie liegt verschlafen in ihrem Bett und versucht, sie zusammenzubringen.

Mit den Kindheitshunden hat sie Mühe, dem grauen, zotteligen Shag, dem Hundebaby Jerry, von dem sie bloß den Namen weiß; der Schafshund Gurth gehörte eigentlich Nessa, der Boxer Hans war aus dem Tierheim, und danach kam schon der wilde Tinker, und dann Grizzle und die geliebte Pinka, die ein Geschenk von Vita gewesen ist und sich in ihrem Roman in *Flush* verwandelt hat.

Sie lächelt, wenn sie an Pinka und die anderen denkt. Sie zählt sie kurz durch: sieben Hunde in sieben Leben; wenn man Leonard dazurechnet, acht. Denn auch Leonard ist so etwas wie ein Hund, zur Hälfte der tapfere Mann und zur anderen das allzeit bereite Tier mit Fell und Rute, die zu berühren sie so gut wie nie übers Herz bringt.

Noch ist er mit dem Frühstück nicht erschienen, aber sie meint zu hören, wie er in der Küche hantiert, die Stimme von Louie, die immer alles so zuverlässig erledigt, ein klapperndes Geschirr, ein Messer, mit dem sie sich bei Gelegenheit die Kehle durchschneiden wird, was natürlich nur wieder eine dieser Überlegungen ist.

Als er endlich vor ihr am Bett steht, sagt er kein Wort. Er lächelt, worauf sie ihrerseits ein Lächeln versucht und seine Witterung aufnimmt.

Ich habe von Tinker geträumt, fängt sie an, weil die Begegnung mit Tinker eine Art Glück ist, das sie mit ihm teilen möchte, und tatsächlich scheint er ausnahmsweise zuzuhören, schenkt mit der üblichen Routine den Tee ein, sagt, ach, Tinker, meine Güte, ja, und im selben Moment ist es vorbei.

Sie beginnt sofort zu zittern, was im Rahmen seiner Erwartungen zu liegen scheint, denn er sagt, du zitterst, bitte, trink, wahrscheinlich musst du trinken.

Er hat ganz wunderbar gerochen, versucht sie es ein zweites Mal, aber jetzt ist es bloß ein Satz, ein letztes Echo der Möglichkeit, die bestanden hat, sie weiß schon gar nicht mehr, worin.

Und nun ist sie nur noch eine zitternde Hülle. Sie kann sich in der Hülle sehen, zugleich rückt sie immer weiter weg nach innen, schluckt von dem Tee, was ihr gerade so gelingt, aber nicht hilft, warum hilft ihr dieser Mann bloß nicht.

Ich schäme mich so, sagt sie endlich. Dass ich da bin, meine ich.

Und siehe da, er nickt, er versteht, obwohl er leider falsch versteht, weil er die Bemerkung auf sich bezieht, auf das Haus, in ihrem Haus sei sie doch sicher.

Ja, sagt sie und will sagen: nein, dass es das nicht ist und sie etwas anderes meint.

Warum bin ich hier? Ich meine, warum bin ich am Leben, da ich ganz und gar nutzlos bin?

Sie weiß, wie langweilig er solche Sätze finden muss, trotzdem muss sie alles noch einmal wiederholen, es ist wie ein Zwang: dass er arbeiten könnte ohne sie, dass sie ihm zur Last fällt, wie werden du und ich die Last bloß los.

Darauf antwortet er lange nichts. Er sitzt auf dem unteren Drittel der Bettkante und schweigt, weil er nicht weiß, was er noch Neues sagen kann. Sie schließt die Augen und meint zu hören, wie er innerlich Anlauf nimmt und dann redet, leise wie der Wind, lauter schön sortierte Sätze, von denen leider kein einziger wahr ist und die sie doch aufmerksam registriert, Sätze über früher, was sie gehabt haben, drei, vier ausgewählte Szenen, wie er sie geweckt und auf den Balkon getragen hat, in dieser italienischen Pension am Meer.

Ich kann mich nicht beklagen, sagt er.

Darauf sie: Du hast eine Geisteskranke geheiratet. Meine komplette Familie hat dich betrogen, du hast nicht die geringste Ahnung gehabt.

Nein, sagt er.

Sie hätten es dir sagen müssen. Nessa, Adrian. Dann hättest du die Wahl gehabt.

Seine Stimme ist weiter wie der Wind, auf eine bestimmte Art sanft und zugleich hart und unnachgiebig, als spräche er mit einem unartigen Kind, das absichtlich schlecht hört, was ihn nicht abhält, die unglaublichsten Sachen zu sagen, eine Art Bilanz, die er erfreulich nennt, dass er genau sieht, was mit ihr ist, dass er sie nicht zwingen kann, zu diesem Leben, will er offensichtlich sagen, in dieser Stille, mit ihm, der dieses Leben immer geliebt hat und bis heute liebt.

Wenn es nach ihm geht, hat sie jede Freiheit, meint sie herauszuhören. Es berührt sie, dass er sie das heraushören lässt, und das Ergebnis ist, dass sie kurz darauf aufsteht und sich mit einem flackernden Rest Tatendrang Richtung Gartenhaus begibt.

Noch auf dem Weg hat sie keine Vorstellung, was sie dort tun wird, aber das kurze Gespräch mit den schönen Sätzen hat sie aufgemuntert, auf einmal hat sie innerlich Raum und Zeit, muss auch gar nicht schnell laufen, sondern schlendert, schaut, mit dem Gefühl, dass sie etwas besitzt oder nach und nach in Besitz genommen hat.

Gut sechs Jahre ist es jetzt her, dass ihr altes Gartenhaus abgerissen und durch das neue ersetzt wurde, aber sonst ist das meiste unverändert. Die Rosskastanie ist natürlich sehr gewachsen, auf dem Friedhof liegen ein paar neue Tote, so es in Wahrheit nicht die alten sind. Die Freunde von früher, wenn sie sich nur auf den Weg machten, könnten jederzeit überall Platz nehmen, eine Partie Badminton könnte man in der frühen Sonne versuchen, zusammensitzen, plaudern, rauchen, obwohl Leonard es nicht mag, wenn sie raucht; ihre Nichte Angelica könnte im Liegestuhl eine ihrer Handarbeiten erledigen und Maynard zum hundertsten Mal die tückischen Wunder des Kapitalismus erklären, obwohl er mit Vanessa und Clive und ihr selbst wie immer keine allzu klugen Zuhörer hätte.

Es gibt ein Foto von diesem Nachmittag, keine Ahnung,

wo es geblieben ist, aber egal, in Wahrheit braucht man keine Fotos.

Gibt es oben im Dach ihres Schreibhauses eigentlich noch Äpfel?

Denn inzwischen steht sie vor ihrem Schreibhaus, das von Leonard nur selten betreten wird, aber leider ein Dach hat, in dem man jede Menge Äpfel aus dem Obstgarten lagern kann, und dann ist es jeden Herbst eine Qual, wenn er über ihrem Kopf tagelang lärmt und poltert, weil er die Äpfel sortieren muss.

Es kommt regelmäßig zum Streit, wenn er seine Äpfel sortiert, aber heute kann sie darüber lächeln, es ist März, von neuen Äpfeln keine Spur, sie wird in aller Ruhe an ihrem Schreibtisch sitzen können, und wirklich kommt sie innerhalb kürzester Zeit beinahe ins Arbeiten, selbst wenn sie lange nur sitzt und sich erst allmählich dem Roman zuwendet, das Typoskript ordentlich auf Kante legt und sich sagt, dass das die Arbeit der letzten Jahre ist; sie hat das Buch geschrieben, Seite für Seite, bis es fertig war, also muss sie ja zwischendurch geglaubt haben, dass es etwas taugt.

Für einen Moment scheint ihr das fast ein Beweis zu sein: Es gibt diesen Stapel Papier, also kann er nicht ganz und gar schlecht sein, andernfalls würde er nicht existieren; da drüben steht die Schreibmaschine, mit der sie alles abgetippt hat, also sind ihre Zweifel – ja, was – Ausdruck ihrer Verrücktheit. Oder sie ist verrückt gewesen, als sie geschrieben und getippt hat, und begreift erst jetzt, dass es der Text einer Verrückten ist.

So hat sie die Dinge aber nicht in Erinnerung.

In ihrer Erinnerung ist es eine normale Arbeit gewesen. Sie hat sie beendet, und deshalb wird sie sie wie vereinbart an John Lehmann schicken und schreiben, dass sie voller Zweifel ist, aber dennoch alles schickt, was ja nur heißt, dass man auf diese Art Zweifel am besten pfeift.

Ihre Nachricht besteht nur aus wenigen Zeilen, in denen sie ihre Bedenken erwähnt, mit einem Anflug von Koketterie, wie sie wohl bemerkt, dass das Buch nichts tauge, während sie doch gerade das Gegenteil annimmt und für alle Fälle hinzufügt, es sei seicht und trivial.

Ein Hauch von Zufriedenheit breitet sich in ihr aus. Sie steckt den Brief in Windeseile in einen Umschlag und rafft in einer Art Panik alles zusammen, obwohl es ja wirklich ein guter, man möchte meinen: höchst angenehmer Moment ist, dem sie sich überlassen könnte. Doch stattdessen rennt sie fast panisch ins Haus zu Leonard, der am Telefonieren ist, aber erfreut nickt, als sie Brief und Typoskript auf dem Sekretär ablegt und schnell weiter in ihr Zimmer läuft.

Es ist ihr herzlich egal, mit wem er gerade telefoniert, und zugleich ist es eine Beruhigung, dass sie seine Stimme hört und sicher ist, dass es eine menschliche Stimme ist, die Stimme ihres Mannes, der Leonard heißt. Sie liegt auf ihrem Bett und horcht, ob da weitere Stimmen sind, aber sie hört nur die von Leonard; es ist ganz zuverlässig Leonard, von einer Verrücktheit keine Spur, draußen der Vogel ist ein wirklicher Vogel, wirklich wirklich wirklich ein Vogel, sie kann von seinem Geplapper kein einziges Wort verstehen. Leonard wird auf dem Weg zu seinem Vortrag alles auf die Post bringen, und so wird sie sich hoffentlich nach und nach beruhigen.

₪

Leonard hat, wie sich herausstellt, mit ihrer Schwester telefoniert; sie kommt am Nachmittag zum Tee, wenn er seinen Vortrag hält. Doch sie weiß nicht, ob sie sich auf diesen Besuch freut; Nessa sprüht meistens vor Energie, außerdem liebt sie es, ungebetene Ratschläge zu geben, und nach beidem ist ihr nicht zumute.

Es scheint Monate her zu sein, dass sie sich zuletzt gesprochen haben, offenbar bewegt sie sich ziemlich rasch aus allem heraus, fast, als wäre sie kaum mehr da, eine Leprakranke, die auf einer abgelegenen Insel haust und von anderen nicht berührt werden darf und das auch nicht will. Kurz: Der angekündigte Besuch bringt sie beinahe aus der Fassung, sie weiß nicht, was sie bis dahin tun soll, aber tun muss sie etwas.

Sitzen kann und darf sie dabei auf keinen Fall, auch das Gehen kommt nicht infrage, sie muss sich bücken, auf den Knien rutschen und mit ihren Händen die lästige Unruhe wegmachen, und genau darauf läuft es hinaus: Sie wird die Böden schrubben, einen Eimer mit Wasser füllen und anschließend schrubben und alles wegmachen.

Sie hat schon früher gelegentlich die Böden geschrubbt, aber da war es eine lästige Arbeit, während es jetzt buchstäblich darum geht, Boden unter die Füße zu bekommen, sich schrubbend mit dem Boden zu beschäftigen, bis ihre Schwester Nessa kommt, Louie ist gerade nicht im Haus, also kann sie das jetzt tun.

Sie mag die Böden im Haus, die Fliesen, Dielen; Böden stiften Vertrauen, findet sie. Man achtet zu selten auf sie, aber sie sind, worauf wir uns bewegen, man sollte sie ab und zu loben und preisen, und das tut sie jetzt, sie putzt und streichelt sie, so mit einem summenden, webenden Fleiß, in dem sie sich kaum wiedererkennt.

Im unteren Wohnzimmer fängt sie an, in der Ecke beim großen Tisch, wo sie bis vor wenigen Jahren alle gesessen haben, Lytton und der tote Roger, der sie vor hundert Jahren in Öl porträtiert hat und stundenlang über die Revolution des Impressionismus reden konnte, Nessa und ihre Männer Clive und Duncan, der kluge Maynard natürlich und wer sonst bei ihnen ein- und ausgegangen ist und sich zwischenzeitlich aus dem Staub gemacht hat.

Nur der gute Lytton, obwohl er längst unter der Erde ist, sitzt noch immer da. Nicht der ganze natürlich, nur Füße, Beine, alles, was unter den Tisch gehört, denn jetzt krabbelt sie mit dem Wischlappen unter den Tisch. Seine Schuhe sind blitzblank poliert, trotzdem findet sie es ärgerlich, dass er kein bisschen wegrückt, was sie ihm im selben Moment verzeiht, da Lytton der einzige Mann ist, der sie körperlich angezogen hat, ausgerechnet Lytton.

Sie glaubt keine Sekunde, dass er das noch weiß, am Ende hat er es ja nie gewusst, obwohl er ihr damals diesen Antrag gemacht hat, den sie ihm schneller verziehen hat als seinen Bestseller über die englischen Königinnen.

Aber meine Güte, das ist ewig her, Lytton ist an die zwanzig Jahre tot, im Grunde ist da allenfalls ein Fleck. Das Leben besteht aus Flecken, die andere auf einem hinterlassen, denkt sie, man kann versuchen, sie wegzuputzen, hier, neben dem Tischbein, ist so einer; er ist uralt und geht bestimmt nicht weg, was sie nicht abhält, es zu versuchen, bis sie wie erwartet die Lust verliert und sich sagt, dass es nur ein Fleck ist.

Auf den Besuch freut sie sich weiterhin überhaupt nicht. Sie weiß nicht, worüber sie mit der Schwester reden soll, denn der Fall Virginia ist so gut wie abgeschlossen, außerdem hat Nessa ihre eigenen Sorgen und Nöte, sie hat in Spanien ihren Sohn verloren und den Schlag nur mit Müh und Not überlebt.

In den ersten Wochen nach der Nachricht durfte man sie nicht aus den Augen lassen; Nessa konnte nicht sprechen, aß nicht, hörte auf zu existieren, und in gewissem Sinne war das ja wiederum schön: Nessa brauchte sie, sie konnte mal was tun, den Großteil ohne Worte, denn es gab keine Worte mehr.

Ist es schlimmer, etwas zu verlieren, das man gehabt hat, als etwas zeit seines Lebens nicht zu haben?

Ihr größter Schmerz ist, dass sie, anders als Vanessa, keine Kinder hat, was eine halbe Lüge ist, aber zugleich die halbe Wahrheit; jetzt, nach der ganzen Schrubberei, kann sie spüren, wie hell und wach er ist, was sie auf verquere Weise beruhigt, als wäre der Schmerz eine Art Form, ein kleines Haus, in dem sie für sich sein kann, weil niemand sonst Zutritt hat, auch ihre Schwester nicht, die gleich eintreffen wird und sicher sofort wühlt und bohrt, aber diesmal, wie sie hofft, ohne Erfolg.

Leonard hat ihr zum Abschied zugewinkt, und seither sitzt sie mit von der Schrubberei geröteten Händen am Kamin in ihrem Sessel und wartet, füllt den kurzen Abschnitt der Leere, der entstanden ist und sie daran erinnert, dass die Leere ein Teil von ihr ist, ein wiederkehrendes Ritual, das nicht weiter beängstigend ist, wie sie sich zu sagen versucht, warum bringt sie diese Leere nur jedes Mal fast um den Verstand.

Sie müsste längst in der Küche sein, es ist Teezeit, kurz nach vier, nur ist sie zu beschäftigt, um sich um den Tee zu kümmern, und tatsächlich ist es Nessa, die das kurz darauf übernimmt, sie beinahe wecken muss und über ihren Zustand merklich erschrickt.

Dass Nessa den Tee macht, nimmt sie zum Anlass, sich erst mal richtig hinzusetzen, sich kurz zu schütteln und eine, sagen wir, präsentable Haltung einzunehmen, schließlich ist sie nicht krank und Nessa keine Pflegerin, wenngleich es sich während des gesamten Besuchs so anfühlt.

Nessa möchte eine Zusammenfassung der letzten Tage, die Aufs und Abs, wie sie schläft, ob sie arbeitet, ja oder nein und wie viel, die Antwort ist natürlich: gar nicht. Die Schwester hört sich alles mit halbem Ohr an, was heißt, dass sie nicht recht bei der Sache ist, zwischendurch zweimal in die Küche läuft, weil sie Zucker und Milch vergessen hat, und noch im Gehen mit den altbekannten Formeln auf sie einzureden beginnt.

Na, komm, sagt die Schwester, die ja zweifellos wenig Neues zu hören bekommen hat, das alte Lied, wie sie es nennt, lass es uns singen, dann ist es in ein paar Tagen vorbei.

Du musst es nur wollen, sagt sie. Wenn du es wirklich willst, ist es in ein, zwei Wochen vorbei.

Was ist nur mit dir?, hört sie die Schwester fragen, weshalb sie wie kürzlich gegenüber Leonard alles umständlich aufzählt und absichtlich schlimm macht, das Unglück mit dem Roman, die verdammten Deutschen, ihr Leben als Gefangene, dass sie allein der Grund ist, warum Leonard nicht arbeiten kann, dass sie alles – oh wie gründlich – ruiniert hat.

Mein Gott, was habe ich für hässliche, schrumpelige Hände, sagt sie.

Und Nessa: Nein, nein, lass doch deine Hände, ich mag sie, aber was machst du jetzt schon wieder für Sachen.

Später essen sie zusammen.

Wieder ist es Nessa, die sich kümmert: Sie stellt die Teller auf den Küchentisch, Besteck und Gläser, zuletzt Brot und Käse, eine Handvoll rötliche Tomaten, die Leonard besorgt hat, der gute, gute Leonard, dein Mann.

Ja, mein Mann, erwidert sie, ein wenig matt, aber nicht mehr gar so abwesend wie in der ersten Stunde, als sie praktisch geschlafen hat. Man könnte sagen, dass sie sich bemüht, denn sie mag Nessas Blicke nicht, weshalb sie sich auch brav zu essen anschickt, denn man bekommt flatterige Nerven, wenn man nicht isst, und flatterige Nerven, sagt die Schwester, hat sie schon.

Die Schwester macht ein zweites Brot, und später möchte sie zur Abwechslung ein bisschen spielen; *Weißt-du-noch* heißt das Spiel, das nur die Schwester spielen will, aber Nessa zuliebe, damit sie nicht weiter bohrt, spielt sie mit.

Es ist seltsam, was Nessa so einfällt: wie Clive ihr während eines Abends mit Freunden das Kleid bis zur Hüfte hochgeschoben hat, wie sie erstmals das Wort *Sperma* ausgesprochen haben und die Jungs baten, ihnen von A bis Z zu beschreiben, wie es ist, wenn man es mit einem Mann treibt.

Weißt du noch?

Sie kann sich, ganz ehrlich, an nichts dergleichen erinnern, ein paar Schatten, Schemen, aber eigentlich hört und sieht sie es zum ersten Mal, denn leider meint sie die dazugehörigen Szenen zu sehen.

Ja, Clive, das passt, sagt sie, unsere großartigen Freunde, wozu sie ansatzweise nickt, obwohl sie von diesem Kopulationskram nichts wissen will.

Wie du das schon nennst: Kopulation, sagt Nessa, bei der sie in dem Ruf steht, in Sexualfragen reichlich humorlos zu sein, mehr Nonne als Frau, als wäre sie ein bisschen blöde im Kopf, da sie doch sonst so klug und beredt ist.

Natürlich hat Nessa nie dergleichen gesagt. Sie ist bei diesen Themen, im Gegenteil, immer äußerst einfühlsam gewesen, damals nach der entsetzlichen Hochzeitsreise, auf der sie sich Leonard wider besseres Wissen überlassen hat, mehr aus Trotz denn aus Liebe, mit einem Hauch Neugier auf die unvermeidliche Katastrophe oder aus welch dummen Gründen sonst.

Daran denkt sie jetzt: das französische Zimmer und das Bett in diesem französischen Zimmer, an den Wänden das Mückenblut, ihre Reue vorher und nachher, obwohl sie ihn ja mehrfach gewarnt hatte, aber damals war er wirklich sehr dumm, ein einfältiges Kind, das an die Macht der Gebete glaubte und dass man alles lernen kann, die sexuelle Empfindung eingeschlossen.

Aber sie empfand nicht das Geringste; ein Fels musste mehr empfinden als sie.

Das hatte sie ihm zu Anfang mal geschrieben: Wenn du mich küsst, empfinde ich nicht mehr als ein Felsen.

Dabei empfindet man in Wahrheit natürlich dauernd etwas. Sie empfand außer Schmerz nichts für sich selbst, aber sie empfand, dass dieser fast fremde Mann voller be-

bender Empfindungen war, sein Gewicht, seinen Atem, die Bewegungen, die ja unweigerlich stattfinden, drinnen und draußen, die Schwingungen seiner Seele, so Männer wie Leonard eine Seele haben.

Wie verletzlich er ihr damals doch schien, wie männlich verbohrt: als könnte er nur an ihrer Seite leben, wenn er es verstand, sie zu einem dummen, glücklichen Weibchen zu machen, das fortan nicht genug von diesen Sachen bekam!

Armer Leonard, denkt oder sagt sie, für den Fall, dass ihr jemand zuhört, denn Nessa hat sie zwischenzeitlich so gut wie vergessen, dabei hat die Schwester mit dem Reden keinen Moment lang aufgehört; einmal hat sie etwas aus dem Kühlschrank geholt, sie an die Schulter gefasst, was eine Spezialität von ihrer Schwester ist, Leute im Vorübergehen anfassen, bei ihnen die Temperatur messen, wie steht es um dich, sag mir, was dir durch den Kopf geht.

Das Blut in Frankreich geht ihr durch den Kopf.

Meine Hochzeitsnacht, sagt sie.

Und Nessa: Oh, mein Gott, das. Der arme Leonard, ja.

Die armen Mücken, hättest du besser sagen sollen.

Und jetzt lächelt die arme verrückte Person, die sich an ihre Hochzeitsnacht erinnert und so verrückt vielleicht nicht ist.

Auch Nessa lächelt.

Na siehst du, sagt sie, weil das eine Virginia ist, die sie kennt und liebt; für einen Moment hat das bedauernswerte Geschöpf sein Köpfchen aus der Trauerhöhle gesteckt, und es ist doch sehr erfreulich, dass sie das kann und tut, bitte nur weiter so.

Ich mag nicht mehr, sagt die Verrückte.

Und Nessa: Ja, ja, aber du musst. Bitte. Wir brauchen dich. Es wird sich alles finden.

Leonard ist noch nicht zurück, als Nessa sich auf den Heimweg macht. Sie hat die Schwester richtig drängen müssen, sie sei müde, sie müsse ins Bett, obwohl sie bis zu diesem Moment keine Anstalten macht, sondern weiterhin in der Küche sitzt und über ihre Schwester nachdenkt.

Sicher hat sich Vanessa wer weiß was von ihrem Besuch erhofft, als müsste sie nur kurz hereinschneien, und der Spuk wäre auf der Stelle vorüber. Aber immerhin: Die Schwester hat sich bemüht; die Mühe ist vergeblich, aber bemüht hat sie sich. Sie hat für etwas Ablenkung gesorgt und allerlei sorgenvolle Gesichter gemacht, was erst angenehm und dann lästig war.

Leonard ist wahrscheinlich noch unterwegs.

Sie vermutet ihn in London und geht deshalb fast automatisch dort in London eine Weile herum, mehr an den Orten ihrer Kindheit als in der zerstörten Stadt von heute, man kann nämlich überall herumgehen, alles steht, alles ist intakt, die Parks, die stillen Straßen von Kensington, der Platz vor ihrer letzten Wohnung am Tavistock Square, so es nicht die vorletzte war. Sie denkt kurz darüber nach, entdeckt nun auch die ersten Schutthaufen, vereinzelt Personen, die in diesen Haufen nach etwas suchen, Vermissten, lieb gewordenen Dingen, oder weil das Suchen ihre Antwort auf den Schrecken des letzten Angriffs ist.

Von Leonard keine Spur; es ist lange nach zehn, er müsste längst zurück sein. Früher, mit dem Wagen, hat es etwa eine Stunde gedauert, bis man in London war, aber jetzt, mit den Zügen und den vielen Verspätungen, ist es regelmäßig eine kleine Odyssee.

Sorgen macht sie sich nicht. Sie sind bei den schlimmsten Luftangriffen nicht in die Schutzräume gegangen, außerdem ist er gar nicht in London gewesen, es fällt ihr eben in dem Moment ein, als er in der Tür steht, er war ja nur um die Ecke für seinen Vortrag, keine Ahnung, wieso ihr das entfallen ist.

Sonderlich viel sprechen möchte sie nicht mehr, trotzdem erkundigt sie sich, wie es war, gibt Auskunft über den Besuch; Nessa, so ihre Zusammenfassung, versteht überhaupt nichts.

Sie hat mich noch nie verstanden. Nie, nie, nie.

Er muss glauben, dass das eine ihrer üblichen Übertreibungen ist, dabei ist sie plötzlich völlig verzweifelt.

Ich weiß einfach nicht mehr, was ich tun soll, sagt sie.

Worauf er erwidert, dass sie krank sei, auf dem besten Wege dazu, was nun das Letzte ist, was sie hören will, und dass er am liebsten Octavia konsultieren würde, Octavia habe doch hinlänglich bewiesen, dass sie als Ärztin und Freundin ganz an ihrer Seite sei, aber um Himmels willen, nein, zu Octavia will sie ganz bestimmt nicht, es ist erst wenige Tage her, dass man sich gesehen hat, und dieses Sehen und Reden hilft ja bekanntlich gar nichts.

ת

Gut, und dann liegt sie im Bett und denkt – warum nur – über ihren Neffen Julian nach, der unbedingt nach Spanien hat fahren müssen und dort sein Leben verlor.

Aber es ist schwer, als Toten an ihn zu denken, niemand hat ihn je als Toten gesehen, nur die jungen Leute, die mit ihm im Einsatz gewesen sind und zuschauten, wie er nahe Madrid von einem Granatsplitter getroffen wurde, als Sanitäter im Kampf gegen die Deutschen, gleich in den ersten Wochen.

Sie hat Mühe, sich sein jungenhaftes Gesicht in Erinnerung zu rufen, seine Gedichte, die sie vor Jahren ins Programm aufgenommen haben, durchaus widerstrebend, wie sie sich erinnert. Sie meint zu wissen, dass in den Texten immerzu Winter gewesen ist, oder der Titel war winterlich, dabei war Julian eine eher sommerliche Natur, der von Nessa nicht unähnlich, worum sie die beiden oft beneidet hat, was sie ärgert, denn man soll auf andere nicht neidisch sein, man kann schlecht schlafen, wenn der Neid an einem frisst.

ת

Und ein, zwei Stunden schläft sie. Das ist allemal besser als nichts, wie man sagen muss, trotzdem ist ihr Zustand mittlerweile besorgniserregend, es ist schwer zu sagen, was ihr jetzt noch auf die Sprünge helfen soll.

Sogar Leonard scheint gelegentlich nicht weiterzuwissen. Wahrscheinlich befürchtet er längst das Allerschlimmste oder gesteht sich ein, dass er das Allerschlimmste zu fürchten beginnt; sie haben dergleichen Krisen mehrfach hinter sich gebracht, aber er ist Ende fünfzig, und man spürt die ersten Müdigkeiten mit Ende fünfzig, deshalb ist er manchmal ungehalten, auch weil sie sich seit Jahren voneinander wegbewegen, er von ihr nicht weniger als sie von ihm.

Als sie erwacht, riecht es seltsamerweise nach Gas, was natürlich nicht sein kann, aber auf verquere Weise der Fall ist. Sie hat Schwierigkeiten zu atmen und kann nicht aufstehen, weil sie immer weiter dieses Gas einatmet, das sie sehr schläfrig macht und ihr einflüstert, ruhig weiterzuschlafen, was sie gewiss nicht tun wird. Weiterschlafen, oh nein, darf sie auf keinen Fall, sie muss etwas unternehmen, sich hochrappeln und das Fenster aufmachen, doch das ist schwer, erst nach minutenlangem Ringen gelingt es ihr.

Gut, aber dann ist der Spuk vorbei. Von draußen strömt die allerherrlichste Frühlingsluft herein, sie atmet tief durch, ansatzweise erfreut, auf angenehme Weise wach, obwohl sie sich fragt, was das nun bloß wieder war. Offenbar hat sie ein Stück Traum in die Aufwachphase geschleppt, irgendein Wissen aus dem ersten Krieg oder eine Erinnerung an die Gespräche mit Leonard, was sie tun, wenn die Deutschen sie holen, eine kleine Ausfahrt mit dem Automobil, bei laufendem Motor in der geschlossenen Garage, bis es *endlich, endlich* vorbei ist.

ש

An Schlaf ist nun natürlich nicht mehr zu denken; aber sie hat ja schon, macht also kurz Pause, geht eine Weile herum, sieht sich ihr Zimmer an, so, als sähe sie es zum ersten Mal, wie jemand, der sich beruflich mit der Erforschung südenglischer Schlafzimmer beschäftigt.

Das Zimmer gehört ohne Zweifel einer Frau – einer, die viel liest und gerne im Bett liegt. Das Bett ist nicht gemacht, aber man sieht, dass es ein Ort der Sammlung ist, es finden, na, bedeutende Dinge hier statt, egal, ob die Frau schläft oder wacht oder meinetwegen tot ist, denn man könnte jemanden gut aufbahren auf diesem Bett mit der weißen Tagesdecke, die halb am Boden liegt, mit ein bisschen Phantasie, ja, doch, warum nicht.

Dass die Frau eine Vielleserin ist, erkennt man an den beiden Regalen, deren eines am Kopfende des Bettes steht, es hat, Moment, vier-fünf-sechs Abteilungen, die richtig gut gefüllt sind, schön und wichtig anzusehen, man muss im Liegen nur kurz nach hinten greifen, schon hat man jederzeit eine Lektüre.

Ein weiteres Regal ist das eigentlich interessante. Es steht an der Wand neben dem Fenster, das zum Bett gehört, und ist vom Boden bis fast zur Decke mit lauter fast gleich aussehenden Büchern bestückt, leider ohne Titel, dafür mit bunten, selbst gemachten Umschlägen, die darauf hindeuten, dass es sich um wichtige Bücher handeln muss, die *Gesammelten Werke* von Shakespeare, aha, der augenscheinlich ihr Lieblingsschriftsteller ist.

Es ist nicht besonders warm im Zimmer; das Feuer im Kamin ist vor einer Weile ausgegangen. Ein letzter Scheit Holz scheint zu glühen, aber der Blickfang sind die schönen handbemalten Kacheln; oben, auf dem Sims, stehen zwei alte Tassen, es gibt Stillleben an den Wänden, den kleinen Nachttisch mit der Lampe nicht zu vergessen, das glänzende Parkett, den edlen Teppich, den der zweite Mann ihrer Schwester, Duncan, für sie entworfen hat. Es ist ein angenehmer Raum, der vom guten Geschmack seiner Bewohnerin zeugt, ein Hauch mädchenhaft und nicht sonderlich gut aufgeräumt, aber wen soll das bitte stören. Die hellen Vorhänge bewegen sich im leichten Nachtwind, und wäre es nicht stockfinster, hätte man zwei herrliche Ausblicke in den umliegenden Garten, wo vieles tüchtig in Bewegung geraten ist, wie man vermuten darf, selbst wenn gerade wenig davon zu sehen ist.

Der Gedanke tröstet sie. Denn es könnte ja sein, dass auch in ihr etwas in Bewegung geraten ist, weiterhin wartet, aber eben nicht nur wartet, sondern Gestalt annimmt, auf jeden Fall nicht ruht, unter der Erde an den Wurzeln, dass da etwas saugt und im Dunklen sucht, die Fühler ausstreckt und wachsen will, oder besser: oben im Licht bewirkt, dass etwas wachsen kann.

Genau so ist es bislang immer gewesen. Nach jedem Buch war sie wie tot, und nach jedem ist sie, oh Wunder, auferstanden.

Sie ist längst zurück im Bett und versucht, sich zu sammeln. Von ihrem bisherigen Leben ist so gut wie nichts mehr übrig, aber soll sie das abhalten, weiter ihre Arbeit zu tun? Sie erinnert sich, dass es zuletzt ziemlich leichte Arbeit gewesen ist, selten ist sie beim Schreiben so unbeschwert gewesen, die Stimmen, Sätze flogen nur so zu ihr hin, und dann nahm sie sie, wie sie kamen, und fügte eins zum anderen.

Als sie am Morgen erwacht, ist von ihrem nächtlichen Optimismus wenig übrig, allenfalls ein Rest Sehnsucht, die äußerst unbestimmt ist, düster, flüssig, einsilbig.

Aus den beiden Fenstern kommt ein trübes Märzlicht, aber sie möchte jetzt kein Licht, es ist alles getan und gesagt, sie kann sich nur noch wiederholen, die letzten Wünsche eingeschlossen: *Dass das Wasser mich bedecke, das ist's, was ich mir wünsche: Wasser, Wasser. – Oh, fände doch mein Leben allhier ein Ende.*

Die beiden Sätze stehen in ihrem Roman.

Irgendwann in der Nacht muss sie an ihren Roman

gedacht haben, ja richtig; sie hat bei offenem Fenster das Zimmer studiert, auch das, obwohl sie kaum sagen könnte, zu welchem Zweck. Alles ist fremd und kalt, die Dinge sind nur namenlose, gleichgültige Dinge, leicht entrückt und als wären sie mit einem matten, stumpfen Firnis überzogen, was sie lediglich zur Kenntnis nimmt, als wäre es nun eben so, obwohl es vor ein paar Stunden völlig anders gewesen ist.

Sie weiß, dass Leonard jeden Moment in der Tür stehen kann, aber jetzt blättert sie noch kurz in einem ihrer Tagebücher, die hinter ihr im Regal stehen, das erste Mal seit Langem.

Früher hat es manchmal geholfen, zu lesen, was sie vor Jahren geschrieben hat, hier, die Stelle aus dem Februar 1922 ist aufschlussreich, fast ein bisschen klug, ein frischer, frecher Blick in die Zukunft, die ja leider nie eingetroffen ist.

Kurz nach ihrem vierzigsten Geburtstag schreibt sie das:

»Ich habe mir in den Kopf gesetzt, niemals 70 zu werden. Angenommen, sagte ich mir neulich, dieser Schmerz in der Herzgegend würde mich plötzlich auswringen wie einen Spüllappen & ich wäre tot? Ich fühlte mich schläfrig, indifferent & ruhig; & dachte also, es wäre ziemlich egal, außer für L. Dann löste ein Vogel oder ein Lichtstrahl vielleicht, oder ein Wacherwerden, den Wunsch in mir aus, allein zu leben – den Wunsch vor allem, am Fluss entlangzugehen & die Dinge zu betrachten.«

Wenn sie die Wahl gehabt hätte, hätte sie lieber allein gelebt, aber sie hatte selten eine Wahl.

Jetzt, in diesen Minuten, glaubt sie, könnte sie es.

Ein kleines Haus unten an der Steilküste, stellt sie sich vor, oder besser am Fluss, damit sie in seiner Nähe ist, aber weiter leben kann, ohne dass jemand weiß, wo sie sich aufhält, denn nur so kann sie den ganzen Tag schreiben und am Abend nach getaner Arbeit schlafen, ganz wie es ihr gefällt, so einfach ist das nämlich, wenn man allein ist und niemand ein Auge auf einen hat und dauernd fragt und das Frühstück nicht bringt wie Leonard.

Aber da ist er schon, doch nein, es ist Louie, die es bringt und sie wie immer freundlich begrüßt, ohne sich weiter nach ihrem Zustand zu erkundigen. Louie ist wie die meisten Dorfbewohner ein gutmütiges Geschöpf, ohne dessen Hilfe der Haushalt längst zusammengebrochen wäre und das sie nicht wirklich für eine Kranke hält, für etwas verrückt, ja, doch, jemand, der Bücher schreibt, was eine gewisse Verrücktheit nun mal einschließt.

Haben Sie alles, was Sie brauchen?

Louie stellt das Tablett auf der Bettdecke ab, so auf eine herzerfrischend gleichgültige Art, dass man sich schon fast wieder für gesund hält, und also kann sich Frau Woolf doch hier und heute mal ein bisschen etwas abverlangen und den letzten Brief von Vita beantworten, der die Tage gekommen ist, und damit darf Louie auch wieder gehen.

4

Vita war das Wunder und die Pein ihres Lebens, das Versprechen, das sich nicht erfüllt hat, etwas, das unwiderruflich vorbei ist und ebenso unwiderruflich in ihr weiterlebt, die einwöchige Reise durchs Burgund, die Male, die sie hier in Monk's House war, die Nächte in ihrem märchenhaften Anwesen in Sissinghurst, und dazwischen immer wieder das Warten, ihr Zögern, das in fast bedingungslose Bereitschaft umschlug, als Vita bereits bei der Nächsten war.

Es liegt fast zwanzig Jahre zurück, dass sie in ihr Leben spaziert ist und, ohne zu fragen, Platz darin nahm, eine Göttin, die zu einem Gutteil ein Mann war, denn sie war brutal, sie war zärtlich, sie liebte Frauen, alle möglichen Frauen vor und nach ihr, sie schlürfte die Frauen wie Austern.

Sie hat noch immer Herzklopfen, wenn sie Vitas Schrift auf einem Umschlag liest, aber sehr viel mehr ist da nicht; sie trägt die Vita von früher mit sich herum, aber wie eine Tote, obwohl sie zweifellos irgendwo am Leben ist, aber das, was zwischen ihnen gewesen ist, ist tot, es bleiben nur nichtssagende Floskeln und Beschwörungen, eine Art Höflichkeit, die einen vor dem letzten Verrat bewahrt, obwohl er längst stattgefunden hat.

Es ist lange her, dass sie auf Vita wütend gewesen ist, ein paar Jahre, in denen sie allen Ernstes glaubte, sie zurückholen zu können, und anschließend zusehen musste, wie die Gemeinsamkeit zu Staub zerfiel, ihre Gestalt, die geflüsterten Bekenntnisse, zuletzt auch ihr Name, der mal eine ganze Welt verheißen hatte und nun nur noch ein Name war, ohne Glanz, ohne Bedeutung.

Sie sitzt die übliche Zeit im Schreibhaus ab und fragt sich, was sie je an ihr gefunden hat, da sie doch so vieles an ihr nicht mochte; sie mochte ihre Bücher nicht, hasste, dass sie Briefe unpünktlich beantwortete, dass sie ohne Vorankündigung verreiste, wie dick sie mit den Jahren wurde.

Vita war und ist die Unzuverlässigkeit in Person; sie hat kaum je ein vernünftiges Gespräch mit ihr geführt. Mit Lytton hat sie regelmäßig über das Lesen gesprochen; mit Clive über die Liebe; mit Nessa über Leute; mit Roger über Kunst; mit Morgan über das Schreiben; nur mit Vita sprach sie – ja, über was eigentlich?

Aber kommt es darauf an, was man miteinander bespricht?

Mit Vita, das weiß sie noch, wäre sie zu wer weiß was bereit gewesen, sie wäre auf und davon mit ihr, egal, was daraus geworden wäre, irgendein lächerliches Nichts, das ja tatsächlich daraus geworden ist, eine Verbindung ohne Verbindung, wenn es das gibt, als hätte es die konkrete Vita nie gegeben, oder nur in dem Sinne, dass sie der armen Virginia bewies, dass sie nicht ganz und gar liebesunfähig war.

Für einen Moment ist sie Vita fast dankbar dafür, falls sie sich nicht zur Hälfte selbst danken muss, denn die Liebe zum anderen macht ja nicht nur der andere, man macht sie zum Großteil selbst.

Denkt sie überhaupt an sie? Wie sie gewesen ist, wie sie lachte, wie sie aß, wie sie sich, sagen wir, unter ihr bog?

Sie sitzt noch immer am Schreibtisch und hat bestimmt nicht vor, ihr jetzt zu antworten; sie weiß noch nicht mal, wo der Brief ist, den sie mehr oder weniger vergessen hat und später suchen muss, denn jetzt ist sie zu faul, sie sitzt weiterhin nur da und tut nichts, was ja immerhin eine Kunst ist, etwas, das ihr gelingt, obwohl es nicht die geringste Spur in ihr hinterlassen wird.

Über eine Stunde später sitzt sie immer noch, erinnert sich plötzlich an Leonard, den sie nur kurz in der Küche gesehen hat, bevor er nach oben zu seiner Arbeit gegangen ist, aber offenbar ist er mit seiner Arbeit fertig oder macht eine Pause, denn durchs Fenster kann sie sehen, dass er mal wieder vor seinen Rhododendren steht. Er wartet auf den Frühling und zupft an ihnen herum, bevor er lange nur dasteht, wie eine Statue, denn an ihm ist wirklich alles aus Stein, er hat kein lebendiges, verzweifeltes Herz wie sie, selbst wenn er jetzt in ihre Richtung schaut und winkt.

Sie fragt sich, warum sie bloß so wütend auf ihn ist. Denn es könnte ja sein, dass sie ihn verwechselt, mit ihrem Vater, wie sie überlegt, als wäre er ein Geist, ein Prinzip, das sie nur ablehnen kann, den Mann an sich, wenn es das gibt, den Zustand der Gefangenschaft, der sie Jahr für Jahr mehr mit hässlichen Gefühlen erfüllt, als wäre da ein Gefäß, ein innerer See, der nach und nach vollgelaufen ist und womöglich derselbe ist, aus dem sie beim Schreiben schöpft.

Könnte sein. Ja, warum nicht. Man hebt die Dinge ja irgendwo in sich auf, alles, was gewesen ist, die Lektüren, Blicke, Begegnungen, die kindlichen Sorgen, das Schweigen, aber auch Düfte, den Gesang der Insekten und wer weiß was alles.

Und nichts davon ist weg. Alles ist da und zugleich fern, deshalb muss man es vorsichtig bergen und kann das in guten Momenten auch, wenn eine Verbindung besteht, wenn man überhaupt nicht damit rechnet und wieder weiß, wie es sich anfühlt, wenn eine Hand unter ein Kleid schlüpft.

Später, im Haus, ärgert sie sich, weil Leonard ihr nicht gesagt hat, dass Post für sie da ist, ein Abendbrief von Vanessa, den sie unmittelbar nach ihrer Rückkehr geschrieben haben muss und der ungeöffnet auf dem Kaminsims liegt.

Er ist in der Minute gekommen, sagt Leonard. Außerdem wollte ich dich nicht stören.

Tatsächlich will sie den Brief gar nicht lesen. Sie

könnte ihn einfach liegen lassen oder ungeöffnet ins Feuer werfen, aber jetzt hat sie ihn schon aus dem Umschlag gerissen, sieht Vanessas Schrift, hört auch sofort die Stimme, die zu dieser Schrift gehört, und das ist, was sie ihr ungebetenerweise mitteilt:

»Du *musst* vernünftig sein. Was bedeutet, dass Du die Tatsache akzeptieren musst, dass Leonard und ich besser urteilen können als Du. Es stimmt, dass ich Dich in letzter Zeit nicht viel gesehen habe, aber ich habe oft gedacht, dass Du sehr müde aussiehst, und ich bin sicher, wenn Du Dich fallen lassen und nichts tun würdest, würdest Du Dich müde fühlen und nur allzu froh sein, Dich ein bisschen ausruhen zu können. Du bist in dem Zustand, in dem man sich nie eingestehen will, was los ist – aber Du darfst gerade jetzt nicht hingehen und krank werden. Was sollten wir denn tun, wenn die Invasion kommt und Du eine hilflose Kranke bist – was hätte ich in den ganzen letzten 3 Jahren getan, wenn Du nicht gewesen wärst, um mich am Leben und heiter zu halten. Du weißt nicht, wie sehr ich auf Dich angewiesen bin … Sowohl Leonard wie auch ich hatten immer den Ruf, vernünftig und ehrlich zu sein, also musst Du uns glauben … Ich werde bald anrufen, um zu hören, was los ist.«

Sie liest den Brief sehr rasch, überfliegt ihn mehr, als dass sie ihn liest, enttäuscht, weil er ohne jede Überraschung ist, eine Ansammlung altbekannter Weisheiten und Ermahnungen, die die Schwester nur eben so zusammengekritzelt hat.

Das mit der Invasion zum Beispiel ist der reine Blödsinn. Vanessa weiß, was geschieht, wenn die Deutschen da sind, Leonard und sie haben Morphium im Haus, das ist, was geschehen wird, sie nimmt sich mit Leonard das Leben, hilflose Kranke hin oder her.

Und was soll das überhaupt heißen: hilflose Kranke? Ist sie etwa hilflos? Wenn sie sich nicht ausruht, so will Vanessa offenbar sagen, ist sie auf dem besten Wege, es zu werden, und nichts will sie weniger als das. Sie fürchtet sich davor, allein die Vorstellung bringt sie zur Verzweiflung, sie ist richtig böse auf Vanessa, und zugleich – sie weiß nicht – möchte sie sie umarmen und ihr sagen, wie klug sie doch ist, oh wundervolle Nessa, wie klug du bist!

Natürlich ist Nessa ganz dumm, weil sie glaubt, dass es ums Ausruhen geht, dabei geht es längst darum – eben durch den Brief begreift sie es –, sich rechtzeitig aus dem Verkehr zu ziehen, denn wenn sie erst völlig hilflos ist, wird man sie in eine Klinik stecken, und dann machen sie eine willenlose Idiotin aus ihr, die nicht mal die Freiheit hat, das Zellenfenster zu öffnen.

Das ist, was sie aus dem Brief der Schwester macht.

Er ist eine Art Lizenz, ein Mahn- und Weckruf, es auf keinen Fall so weit kommen zu lassen. Sie muss sich unbedingt kontrollieren. Sich beobachten, Tag und Nacht, inwieweit sie ihre Sinne noch beisammenhat, wie verrückt sie sozusagen schon ist, wobei sie ja vorläufig alles in Ruhe bedenken kann und genau weiß, was ist und was nicht, und solange das der Fall ist, hat es mit dem letzten Schritt keine Eile.

Ihr Malerfreund Gertler fällt ihr ein, der sich in seiner Küche mit dem Gasherd das Leben genommen hat, was sie an den aufgegebenen Plan mit der Garage erinnert. So im Wagen einzuschlafen, wäre doch schön, glaubt sie; man hört den Motor, dann dämmert man langsam weg und ist aus allem raus. Vielleicht hustet man ein bisschen, na gut, aber das bisschen Husten wird sie nicht umbringen, zumal sie ja fast schon schläft, in aufrechter Haltung auf dem Beifahrersitz, den Kopf etwas nach rechts gedreht, obwohl sie im weiteren Verlauf eventuell etwas zusammensinkt, und so, als Zusammengesunkene, friedlich Schlafende, wird man sie finden.

Wer sie findet, ist ihr herzlich egal. Auch wie sie dann aussieht, ist ihr egal, denn vielleicht beißt man sich ja in letzter Sekunde die Zunge blutig, oder es gibt eine Spur Speichel, der einem aus dem Mund rinnt, aber wie wird ihr das als Toter egal sein.

Louie hat zum Essen geklingelt, beinahe hätte sie es überhört. Sie hat keinen großen Appetit, aber ein Teller Suppe ist in Ordnung, denn heute gibt es Suppe, mit frischem Brot und etwas Butter von Octavia, die sie wer weiß wo für sie auftreibt und bei Gelegenheit heimliche Telefonate mit Leonard führt.

Ausdrücklich erlaubt hat sie das den beiden nicht, aber sie ist zu müde, um dagegen zu protestieren. Octavia will sie am Nachmittag zum Tee aufsuchen, wozu sie halbherzig den Kopf schüttelt und nein, nein, nicht-schon-wieder-Besuch sagt, aber meinetwegen, kommt sie nachher zum Tee.

Es fällt ihr auf, dass die Suppe stark riecht, auch das Brot und die Butter riechen, und das Erstaunliche ist, dass ihr das gefällt und sie für ihre Verhältnisse tüchtig isst, mit ansatzweise paradiesischen Empfindungen, als bräuchte es eigentlich nicht mehr, einen Gefährten wie Leonard und diesen Dreiklang aus Brot und Butter und Suppe, in der verschiedene Gemüse schwimmen, Sellerie- und Zwiebelstücke, Möhren, Petersilie.

Nicht zum ersten Mal fällt ihr auf, dass Leonard beim Essen unangenehme Geräusche macht. Etwas knackt in seinem Kiefer, wenn er kaut, er schlürft, er ist laut, aber doch nicht so sehr, dass sie etwas dazu sagen will. Stattdessen fragt sie, ob er gut vorankommt, denn das ist nun mal ihre Aufgabe als Ehefrau, dass sie sich nach seiner Arbeit erkundigt, dass sie sich dafür interessiert, dabei weiß sie kaum, was er oben in seinem Zimmer all die Stunden treibt.

Die Arbeit, ach was, sagt er.

Und sie: Deine Arbeit bin *ich*. Was mache ich dir nur für eine Arbeit.

Sie möchte, dass er ihr verzeiht, all die Monate, Jahre, die sie ihm gestohlen hat, ohne je viel dafür zu geben.

Verzeihen ist das falsche Wort.

Denn letztlich ist es ja eine Gemeinheit von ihm, wie er sie Tag für Tag erträgt und sich nie beklagt; sie wäre keine drei Tage bereit, ihn so zu ertragen, sie würde schreiend weglaufen, die Türen hinter sich zuschlagen, und weg wäre sie.

Du musst Octavia alles von dir sagen, mahnt er.

Ja, ja, sagt sie. Ich weiß seit Langem, dass ihr unter einer Decke steckt.

Wir können gar nicht miteinander sprechen, du und ich, fügt sie hinzu und kündigt an, dass sie jetzt in der Küche den Boden schrubbt, Louie hätte das längst tun sollen, dabei weiß sie gar nicht, wann sie es zuletzt getan hat.

Die Wirkung ist ungefähr dieselbe wie gestern. Es gibt ein gewisses Moment der Entspannung, für eine halbe Stunde ist sie angenehm aus der Puste und hört mit Leonard im Radio die Nachrichten, schwer verständliche Zusammenfassungen von den Brandherden des Planeten, es gibt jede Menge Vorwärts- und Rückwärtsbewegungen, die sich in ihrem Kopf zu einem tobenden Stillstand addieren, man wird nicht richtig schlau daraus.

Sie hat das Haus in Rodmell die längste Zeit für einen sicheren Ort gehalten, aber es gibt keine sicheren Orte mehr; Orte vergehen und verfallen, auch ohne Zutun der verdammten Deutschen, draußen der Garten, der nach und nach verwildern und mit der Landschaft verschmelzen wird und dann nur noch ein Nichts ist, ein Monument vergeblicher Mühe, wie alles andere auch.

Der Fleck im Wohnzimmer, der geblieben ist, fällt ihr

ein. Sie darf Octavia auf keinen Fall merken lassen, dass da dieser Fleck ist, nicht mal kurz zu ihm hinschauen darf sie, weil er wirklich alles, alles über sie verrät, ihr komplettes Versagen, das ja die Ursache von allem ist.

Aber Octavia interessiert sich gar nicht für den Fleck. Sie klingelt pünktlich um vier und schaut auch wie angekündigt nur auf einen Sprung vorbei, denn sie ist krank, sie hat Fieber, und nein, zum Tee bleibt sie lieber nicht, aber schließlich doch, denn kommt man erst mal ins Plaudern, vergeht die Zeit wie im Flug.

Also, wie geht es, fragt Octavia und sieht ihr gründlich ins Gesicht, nimmt noch im Stehen ihre Hände, erst die eine und dann die andere, hält sie beide fest, während die Patientin ergeben im Sessel sitzt und darauf wartet, dass die lächelnde Octavia sie auffordert, den Mund aufzumachen und *Aah* zu sagen, was aber nicht geschieht.

Trotzdem sagt sie laut und vernehmlich *Aah*, womit sie zu verstehen gibt, dass sie die ganze Besucherei für Theater hält und nur Leonard und Octavia zuliebe mitspielt. Octavia ist bestimmt keine schlechte Ärztin; sie lebt mit einer Frau und bringt die Butter, aber sie kann sie jederzeit hier wegholen, deshalb ist man besser vorsichtig mit ihr.

Octavia hat sie schon in besseren Zeiten gesehen, damals, als sie noch witzig und schlagfertig war, und also versucht sie es mit Witz, macht ein weiteres Mal übertrieben *Aah* und gibt anschließend halbwegs ehrlich Auskunft, was mit ihr ist, die üblichen Symptome, die sie wie eine brave Schülerin aufzählt, um mit Unschuldsmiene zu verkünden, dass eigentlich nichts ist.

Nicht wahr, es ist doch nichts?

Nichts Ernstes, will sie sagen, das übliche Theater, da sie nun mal beim Theater sind, kurz: Wenn sie arbeiten könnte, wäre alles auf der Stelle gut.

Leonard ist mit dem Tee gekommen, er hat das meiste verpasst, trotzdem widerspricht er und sagt, was Vanessa bereits gesagt und geschrieben hat, dass sie keine Ruhe hält, obwohl sie weiß, dass nur Ruhe helfen wird, offensichtlich wollen alle, dass sie den Rest ihres Lebens im Bett verbringt.

Octavia hustet und schnieft. Sie gehört selbst ins Bett, doch stattdessen reden sie und Leonard weiter auf sie ein, erinnern sie an die Male, in denen es in letzter Minute gut gegangen ist, aber gut gegangen ist es ja längst nicht immer; der Preis ist bekannt, er heißt Klinik und endlos lange Wochen unter der Aufsicht von Pflegern, woran sie sich immerhin bruchstückhaft erinnert. Immer war jemand um sie herum, man hat sie keine Minute aus den Augen gelassen, dazu kostete das Ganze ein Vermögen, Leonard hat später zugegeben, dass es ihn fast ruiniert hat, von ihrer Spuckerei und den Handgreiflichkeiten abgesehen.

So ganz direkt sprechen Octavia und Leonard von der Klinik nicht. Wenn sie ehrlich ist, ist das Wort Klinik an keiner Stelle gefallen, was an ihrem wachsenden Gefühl der Bedrohung nichts ändert. Sie selbst ist es, die sich droht, und je mehr sie sich droht, desto wütender ist sie entschlossen, es nie wieder so weit kommen zu lassen, niemand anders als sie selbst hat es in der Hand.

Seit Tagen zum ersten Mal denkt sie genauer an den Fluss, mit einer stillen, lauteren Sehnsucht, ohne groß für sich zu wünschen, als genügte es vorläufig, zu wissen, dass er da ist und, nein, nicht direkt auf sie wartet, oder doch, auf sie wartet und sie längst vergessen hat.

Leonard und Octavia haben über den Krieg zu reden begonnen, wie wahrscheinlich es ist, dass die Invasion noch kommt, aber beide glauben nicht recht daran, jedenfalls ist das die Hoffnung, vielleicht finden die Deutschen ja eine interessantere Beschäftigung, die Welt ist riesig groß und zugleich winzig klein, und insofern kann man es einfach nicht wissen.

Später, als Octavia weg ist und sie beim Abendimbiss sitzen, reden sie über das Lesen; wenn sie lesen könnte, wäre sie mit dem langweiligen Landleben sofort versöhnt.

Aber sie kann nicht lesen, sie findet keinen Einlass, alles ist verriegelt; die Bücher, das Erbauliche, das in ihnen liegt, die Zeitung, mein Gott, wie kann das nur sein: Draußen tobt die Schlacht, und sie interessiert sich nicht im Geringsten dafür.

Leonard, das spürt sie, ist mit dem Besuch nicht zufrieden, was heißt, dass er mit *ihr* nicht zufrieden ist, es nicht ausspricht, aber zweifellos denkt: wie uneinsichtig sie ist, dass sie sich im Kreis dreht und aus Sturheit nicht helfen lässt, dabei wäre Hilfe da, alle meinen es gut mit ihr, Nessa natürlich, die lächelnde Octavia, er selbst.

Doch sie hasst es, dass es alle gut mit ihr meinen, dieses Gutmeinen macht sie immer nur kränker. Vielleicht müsste ihr mal jemand ins Gesicht schlagen oder die ungeschminkte Wahrheit sagen, wie eitel und verzogen sie ist; womöglich wäre sie dann auf der Stelle gesund und könnte zurück an die Arbeit.

Ich möchte so gerne gesund sein, sagt sie.

Und er: Dazu müsstest du endlich vernünftig werden.

Sei ehrlich, sagt sie.

Und er: Ich bin ganz ehrlich.

Ich könnte dir vorlesen, schlägt er vor, worauf sie in der ersten Überraschung sagt, ja, ja, das ist gut, ihn auch weggehen lässt und gespannt ist, was er bringen wird. Sie schließt die Augen und nimmt sich vor, sich auf jeden Fall überraschen zu lassen, und tatsächlich ist es fast ein Spaß, den sie sich leider selbst verdirbt, denn in ebendem Moment, da Leonard sich setzt, schaut sie kurz auf und erkennt am getupften Cover von Vanessa, dass es *Die Fahrt zum Leuchtturm* ist.

Dieser wunderbare Anfang, sagt er und liest den Anfang, den sie nicht mehr in allen Einzelheiten weiß, aber doch wiedererkennt und noch immer mag.

»›Ja, gewiss, wenn es morgen schön ist‹, sagte Mrs. Ramsay. ›Aber du wirst mit den Hühnern auf sein müssen‹, fügte sie hinzu.«

Leonard sieht kurz auf, um den nachfolgenden Absatz

zu markieren, und macht den Eindruck, als sei er entschlossen, ihr hier und heute das komplette Buch vorzulesen.

»Ihrem Sohn bereiteten diese Worte außerordentliche Freude«, liest er, »als wäre jetzt ausgemacht, dass der große Ausflug stattfinden müsse, und als läge das Wunderbare, das er Jahre und Jahre herbeigewünscht zu haben schien, nun, hinter dem Dunkel einer Nacht und der Segelfahrt eines Tags, in Reichweite.«

Leonard liest die Sätze erstaunlich gut, fast wie sie sie selbst vor Jahren beim Schreiben gehört hat, aber seltsam, es ist fast unerträglich, sie zu hören, sie wird sofort zu diesem Jungen, der natürlich nicht weiß, dass er den Leuchtturm nie erreichen wird, und es ist entsetzlich, das für ihn wissen zu müssen, sie hat Tränen in den Augen und schüttelt in großer Aufregung den Kopf, nein, nein, bitte nicht, ich kann das heute nicht.

Aber warum, hört sie Leonard sagen, der aber ganz freundlich bleibt und das Buch mit einem fragenden Blick zur Seite legt.

Ich weiß auch nicht, was mit mir ist, sagt sie und würde am liebsten sofort ins Bett, aber fürs Bett ist es eindeutig zu früh, obwohl sie ja seit Langem das Recht hat, zu jeder Tages- und Nachtzeit im Bett zu sein, aber Bett tut ihr nicht gut, nein-nein, das Bett, wenn man nicht schläft, ist wie eine Gruft, also sitzt sie lieber ein paar weitere Kamin-Stunden mit Leonard ab.

Eine Weile ist sie damit beschäftigt, ihn beim Zeitunglesen zu beobachten, wie er vor dem Umblättern die Finger ableckt, manchmal überhaupt nicht liest, sondern nachdenkt, aber eindeutig beschäftigt ist, während sie wie blöde in ihrem Sessel kauert und den Blick senkt, wenn er in ihre Richtung blickt.

Sie könnte ihn fragen, was ihm durch den Kopf geht, ob er schreibt oder etwas zu schreiben vorhat, aber die Wahrheit ist, dass es sie nicht interessiert; erwähnt er bei Gelegenheit, an was er arbeitet, hat sie es auf der Stelle vergessen.

Sie versucht, sich an die eigene Arbeit zu erinnern, die Phasen, in denen sie nicht weitergekommen ist und sich einfach etwas anderes vorgenommen hat, die ganzen Rezensionen, die sie geplagt und gerettet haben und für Jahre ihr Beitrag zum ehelichen Einkommen gewesen sind und seit ebenso vielen Jahren nicht mehr.

Na schön, ab und zu hat sie sich zu einer Kleinigkeit aufgerafft, aber wenn sie ehrlich ist, ist sie sich inzwischen zu schade dafür, außerdem ist es eine Quälerei, sich mit den Ergüssen anderer Schriftsteller zu beschäftigen, der Dummheit der Leser, die nicht wissen, wer Shakespeare gewesen ist und dass es einen Gott wie Shakespeare wirklich gegeben hat und ununterbrochen neue Götter und Göttinnen geboren werden.

Ist sie nicht selbst eine davon? Eine reichlich ramponierte, wie sie zugeben muss, jemand, der nicht völlig auf der Höhe ist, aber weiterhin mit diesem göttlichen Atem, irgendwo muss doch dieser Atem noch sein.

Ja, sagt sie sich und sieht zu Leonard, und in diesem Moment treffen sich ihre Blicke, was nicht gar so schrecklich ist, wie sie geglaubt hat; Leonard ist alt, er langweilt sie, aber er ist ihr Lebensmann, der Freund und Komplize, der nur das Beste für sie will.

Dieser März ist trostlos, sagt er. Was ein Glück, dass er bald vorbei ist.

Und darauf sie: Ja, der März.

Spielt es eine Rolle, ob März oder April ist?

Ich freue mich auf den Garten, sagt er.

Ja, der Garten.

Aber es ist kalt, man kann nicht viel tun, sagt er. Und quasi im selben Atemzug: Gehst du?

Sie hat gar nicht gemerkt, dass sie mitten in seinem Satz aufgestanden ist, als wollte sie tatsächlich gehen, und vielleicht will sie das auch. Dabei ist sie ohne Groll, im Gegenteil, sie hat beinahe warme Empfindungen für ihn, er sieht sie erwartungsvoll an, was ihr zwar weniger gefällt, aber meinetwegen, alles in allem ist es ein guter Moment.

Du bist wunderbar, sagt sie, was eine kleine Übertreibung ist, eine Reminiszenz an die frühen Jahre, in denen sie sich ihm vor Liebe und Bewunderung sozusagen vor die Füße geworfen hat und nicht wusste, was Parodie und was Bekenntnis daran war, aber siehe, heute meint sie es doch eher ernst und wünscht ihm eine gute Nacht und geht.

Fast hätte sie jetzt Lust auf ein kurzes Telefonat mit ihrer Schwester, um zu berichten, dass sie und Leonard nicht nur so nebeneinanderher leben, sondern sich gelegentlich noch, sagen wir, bemerken und erstaunt feststellen, mit welch starken Seilen sie verbunden sind.

Ja, ist das so?, würde Nessa sagen, die seit Langem mehr auf Leonards Seite ist, denn warum sonst würde sie Briefe schreiben, in denen Leonard und sie das Paar sind, die beiden Vernünftigen, die eine arme Kranke ermahnen, endlich vernünftig zu sein.

Nessa ist bis heute eine schöne Frau, beinahe hätte Leonard sich damals ja für sie entschieden, und wer weiß, was dann aus ihnen allen geworden wäre, insbesondere aus ihr, wahrscheinlich hätte es dieses Gefängnisleben dann ja nie gegeben.

Natürlich ist es sehr undankbar von ihr, dass sie so denkt. Ohne Leonard wäre sie nie zu der Berühmtheit geworden, die sie bis vor Kurzem gewesen ist. Er hat die *Fahrt zum Leuchtturm* und später *Die Wellen* Meisterwerke genannt und jede Zeile von ihr gelesen; er hat sie wieder und wieder für ihre Ichsucht kritisiert und trotzdem Morgen für Morgen das Frühstück gebracht.

Ist sie wirklich ein so stumpfes, verkommenes Geschöpf, dass sie sich all die Jahre nie bei ihm bedankt hat? Ja, danke, ich weiß, du bist der großartigste Mensch, den ich habe finden können, ich sage es mir jeden Tag, aber ich empfinde nichts dabei; ich empfinde überhaupt nichts.

[SAMSTAG, 22. MÄRZ]

Mit diesen unerfreulichen Gedanken liegt sie im Bett. Auch Leonard scheint in seinem Zimmer zu sein, sicher schläft er längst, während sie natürlich kein Auge zutun wird, weil ihr wie immer jede Menge durch den Kopf geht, obwohl es diesmal hauptsächlich Geschrei ist; sie selbst ist es, die so schreit und irgendwann aufsteht und wie eine Aufziehpuppe durch ihr Zimmer zu laufen beginnt.

Es ist weiß Gott nicht das erste Mal, dass sie das tut, die Wege sind bekannt, vom Bett zum Shakespeare zum zweiten Fenster, bevor es auf die andere Seite zur Wand geht, wo sie mehrfach mit dem Kopf nickt, ungefähr wie die Juden es tun, nur dass sie mit der Stirn drei, vier Mal richtig an die Wand schlägt und anschließend von vorne anfängt, immer auf demselben Weg, nie kreuz und quer, weil man so nicht ordentlich denken kann.

Ich muss das alles abschütteln, sagt sie sich.

Aber die Dinge lassen sich nicht abschütteln, sie halten sich an ihr fest, irgendwo in ihrem Kopf, wo es anhaltend tobt und schreit, und wie, bitte, soll sie unter diesen Umständen zur Ruhe kommen, ein wenig leiser könnten diese Schreihälse wirklich sein, aber sie hören nicht auf sie.

Offenbar muss sie mal wieder die größeren Wege gehen, sie kennt das schon; ihr Zimmer ist zu klein, sie ist zu langsam, keine Ahnung, was sie ist, jedenfalls verlässt sie jetzt das Zimmer, tappt wie eine Schlafwandlerin in den Garten und durch die Küchentür ins dunkle Erdgeschoss, wo es erfreulicherweise nicht wirklich dunkel ist; ein Stückchen Mond schimmert durch die Fenster, das ist gut, nur Lärm darf sie auf keinen Fall machen, denn sonst weckt sie Leonard, der es nicht mag, wenn sie in den Nächten herumgeistert.

Ich muss nur immer weiter gehen, sagt sie sich, für den Anfang zehnmal um den Tisch, weil Tische Glück bringen, und so wandert sie Runde für Runde um den Tisch und später durch die Diele zurück in die Küche, wo sich gewiss ein neues Stück Wand findet, an das sie ihren Kopf schlagen kann.

Sie weiß nicht, wie lange das so geht.

Sie bewegt sich nicht sonderlich schnell, von der Küche durch die Diele zurück zum Tisch und um den Tisch herum und zurück in die Küche, sie weiß wirklich nicht, wie oft.

Aber so zu gehen, tut ihr gut; allmählich wird sie ruhiger. Das immerhin hat sie geschafft, sie ist so etwas wie zufrieden mit sich, sie kann zurück ins Bett, wo sie in relativ kurzer Zeit einschläft, morgens gegen halb zwei, was ja nur heißt, dass das Herumtigern ein gutes Mittel bei Einschlafschwierigkeiten ist, das Schlafen selbst ist ein gutes Mittel, das beste, ach könnte sie nur immerzu schlafen.

Leider ist der Schlaf eine ziemlich dünne Decke. Es kann jederzeit jemand ans Bett treten und sie wegreißen, und dann muss man sie ewig suchen und sich wieder über den Kopf ziehen, damit man zurück in den Schlaf kann, aber heute hat es immerzu jemand auf ihre Decke abgesehen.

Aha, die Toten, sagt sie sich, denn im Schlaf, das ist bekannt, kommen die Toten zu Besuch, was ihr zwar nicht gefällt, aber nicht zu ändern ist.

Ihr Bruder Thoby ist aufgetaucht und mit ihm die schöne Stella, ihre Halbschwester.

Sie ist nicht überrascht, dass die beiden sie besuchen, kein bisschen ist sie überrascht, wenngleich sie sich wundert, warum die beiden miteinander flüstern, erst flüstern und dann komisch mit den Armen fuchteln, dass man sich fragt, was genau sie wollen, wahrscheinlich, dass sie endlich schläft, obwohl sie es ja sind, die sie vom Schlafen abhalten, indem sie ihr dauernd die Decke wegziehen.

Du bist *auch* schön, sagt Stella in ihrem sanften Stella-Ton; nicht nur ich.

Und Thoby sagt: Ich habe jede Zeile von dir gelesen, ich mag deine Sachen, bitte hör nicht auf damit.

Das sagt ihr wirklicher Bruder Thoby, der mit sechsundzwanzig Jahren an Typhus gestorben ist und den sie in ihrem Roman Jacob genannt hat; *Jacobs Zimmer* heißt der Roman, den sie geschrieben hat, weil sie Thoby so sehr vermisste, aber heute ist er zurück und sagt, dass er jede Zeile von ihr liest.

Augenscheinlich macht sie ein zweifelndes Gesicht, denn jetzt sagt er: Aber ja, weißt du nicht mehr? Du hast mein Zimmer beschrieben, und das Zimmer war leer, und dann bin ich gekommen und habe mich hineingesetzt, in mein altes Zimmer, das du so gut beschrieben hast.

Sie möchte weinen, als sie das hört, und weiß nicht, was sie antworten soll, aber dann fällt ihr die Antwort ein: Er soll ihr bitte nicht mehr die Decke wegziehen, das musst du mir versprechen, ich bitte dich; auch Stella soll es versprechen, aber Stella ist nur schön und mag weiter nichts sagen, und so kann man leider nicht wissen, ob sie ihr wieder die Decke wegziehen wird, eigentlich ist Stella ja nicht so.

Und wirklich lassen die beiden sie jetzt in Ruhe. Sie hangelt sich durch die späte Nacht, wird gegen Morgen leider wach, weil sie einen komischen Geschmack im Mund hat, den sie nicht zuordnen kann, aber bald zu wissen meint, dass Louie dafür verantwortlich ist: Sie hat ihr etwas in die Suppe getan, etwas, das süß ist und da nicht hingehört, nur ist ihr das beim Essen nicht aufgefallen.

Es ist Wochen, Monate her, dass sie Louie zuletzt beim Kochen zugesehen hat, aber jetzt erinnert sie sich, dass sie es ihr bei Gelegenheit ins Gesicht gesagt hat, hier, dein Essen, ich habe auch wieder etwas hineingetan, was die reine Frechheit ist, also sehr viel frecher kann man als Köchin kaum sein, dabei ist sie sonst so ein guter, zuverlässiger Mensch.

Sie darf das Essen von Louie nicht mehr anrühren, so viel ist klar; sie wird ab sofort nur Brot und Butter essen, aber vielleicht nicht mal das, das Beste wird sein, dass sie gar nicht mehr isst.

Ja, das ist gut, überlegt sie, nur so kann ich zurück an die Arbeit; was muss ich groß essen, wenn ich arbeiten und lesen und denken kann, es ist nur diese Hexe, die macht, dass ich nichts davon kann, deshalb setze ich sie gleich morgen vor die Tür oder schneide ihr bei Gelegenheit mit dem Tranchiermesser die Kehle durch.

Es beruhigt sie, sich das vorzunehmen; sie weiß, dass sie in ein paar Tagen wieder arbeiten kann, wenn das Gift aus ihr heraus ist, dieser süße, hässliche Geschmack, der eine Weile bleiben, aber nach und nach weggehen wird, und dann schläft sie und ist gesund und kann schreiben, und das ist eine Nachricht, die großartiger nicht sein könnte, ich kann wieder schlafen und arbeiten, denn dann bin ich gesund und brauche nicht mehr wach zu liegen, sondern schlafe und arbeite, wann und wie es mir gefällt.

Als sie im ersten Tageslicht halbwegs ausgeruht aus ihrem Bett klettert, ist – ja, was – alles, wie es war, aber nicht ganz. Es ist morgens gegen acht, Leonard müsste längst mit dem Frühstück da sein, aber weil er nun mal nicht kommt, begibt sie sich kurzerhand in die Küche, wo weder er noch Louie sind und sie kurzerhand alles selbst in die Hand nimmt, das Wasser für den Tee aufsetzt und das Brot schneidet und auf den Küchentisch stellt, sich über verschiedene Kleinigkeiten freut, den schönen Ölherd, den sie vor Jahren angeschafft haben, Tisch und Stühle, das frühlingshafte Licht, das durchs Fenster fällt, den Gesang der Vögel.

Sie hat an diesem Herd nicht so viel gekocht, wie sie vermutet hat, aber die Hexe Louie kocht hier und ganz selten Leonard, der an ihre Kochpläne nie geglaubt hat, denn zum Kochen, sagt er, fehlten ihr Geduld und Talent; sie hat es auch nur ein paar wenige Male versucht.

Leonard ist erkennbar überrascht, sie nach Wochen erstmals wieder bei der Küchenarbeit zu sehen, aber es scheint ihm zu gefallen, dass er sich nur hinsetzen muss und alles für ihn und sie bereitsteht ohne den geringsten Fehler.

Heute werde ich schreiben, sagt sie. Nachher, wenn wir fertig sind, gehe ich in meine Höhle und fange an zu schreiben.

Sie hat nicht die geringste Vorstellung, was das sein könnte, sie sagt das nur für sich, denn vielleicht muss man ja nur ankündigen, dass man etwas tut, und bloß weil man es angekündigt hat, wird es möglich.

Nur ein halbes Stündchen, bettelt sie, weil er das in ihrem Zustand nicht für ratsam hält, aber sie bettelt weiter und weiter.

Heute bin ich anders, behauptet sie. Schau nur, das Licht. Heute ist alles Licht.

Nach zehn Minuten möchte sie wieder nur schreien. Leonard und seine Komplizinnen haben recht, sie braucht dringend Ruhe, sie sollte zurück ins Bett, aber sie kann sich nicht aufraffen und erinnert sich plötzlich an ihre ersten Schreibversuche in der Familie und wie sie ein ums andere Mal zitterte, wenn sie der Mutter die neueste *Hauszeitung* mit lustigen Geschichten und Anekdoten hinlegte und darauf wartete, was sie und der Vater dazu sagen würden.

Seit damals zittert sie, und wahrscheinlich ist dieses Zittern ja ihre mit Abstand größte Dummheit. Ja, das ist sie. Sie hätte sich niemals so ausliefern dürfen mit ihrem Schreiben, denn wenn man sich anderen ausliefert, gibt man ihnen die Macht, einen in den Himmel zu heben oder zu vernichten.

Das Gegenteil wäre das Richtige gewesen: Verzichte auf den Lohn der anderen, und du wirst innerlich nicht vernichtet. In dieser Haltung, ja, müsste man schreiben, nur für sich und wiederum: überhaupt nicht für sich, nicht für irgendeinen Lohn, sondern – wie soll man sagen – im Geist der Gabe; man hat etwas bekommen, man hat Talent, und dafür gibt man im Gegenzug etwas zurück.

So würde es wahrscheinlich Leonard formulieren. Offenbar denkt sie jetzt schon wie Leonard, der aber kein Schriftsteller ist, sondern ein drittklassiger Politiker, der große Kümmerer, der den Armen und Entrechteten nützliche Lektionen erteilt, aber welche Lektionen, bitte, hätte sie je zu erteilen gehabt, außerdem verachtet sie Menschen, die auf Lektionen angewiesen sind, von den Frauen womöglich abgesehen.

Vielleicht hat sie ja einfach nichts mehr zu sagen. Man hat sein Leben lang geschrieben, und dann eines Tages, während man sich die Schuhe bindet, weiß man, dass es damit vorbei ist. Der unterirdische See ist ausgetrunken, die Quellen sind erschöpft, man hat getan, was in seiner Macht stand, man hat sich bemüht, aber nun ist es vorbei, und wahrscheinlich ist genau das ihre Lage.

Oder muss man nur warten, bis der See sich wieder füllt?

Was das Schreiben betrifft, ist sie immer sehr geduldig gewesen, vielleicht muss sie nur Geduld haben, warten, nach neuen Quellen suchen, vielleicht sind da ja Quellen, die sie bislang übersehen hat, und wer anders als sie selbst wäre in der Lage, sie zu finden.

5

So richtig bekommt sie den Gedanken nicht zu fassen. Sie versucht es auch nicht ernsthaft, zumal er letztlich ja nur darin besteht, dass vieles anders sein könnte, dass man jederzeit etwas ändern kann, auch sie. Nicht von heute auf morgen, versteht sich, denn sie müsste ja eine ganz andere werden, etwas, das in ihr schlummert, zum Leben erwecken und das andere – ja, was – aus sich herausreißen, sich austreiben, wegmachen, so wie man ein unerwünschtes Kind wegmacht, es aus sich herausholt oder herausholen lässt und anschließend auf den Müll wirft.

So schnell, nein, nein, wird sie nicht fertig damit sein, was leider bedeutet, dass sie so bald nicht schreiben wird. Sie braucht es nicht weiter zu versuchen, sie gibt auf, jawohl, und siehe da, ihr wird sofort leichter; es ist derzeit nicht möglich, und was nicht möglich ist, muss man als Last nicht mit sich herumtragen, man stellt es ab wie ein Gepäck, irgendwo im Garten, warum nicht, draußen im Garten ist ein naheliegender Platz; also geht sie nach draußen in den Garten.

Leonard sagt sie davon nichts. Dabei hat er ihr den Garten nie verboten, sie darf nach Lust und Laune dort herumspazieren, auch in die Downs hat er sie bis zu dem Vorfall alleine gehen lassen, dennoch kommt sie zu dem Schluss, dass er es begrüßt, wenn sie heute im Garten bleibt.

In der Nähe des Hauses möchte sie lieber nicht sein. Stattdessen läuft sie in den hinteren Teil, der weniger prächtig ist, und weiter nach nebenan auf den Kirchhof, wo die Toten in ihren Gräbern liegen und sich nicht vom Platz bewegen, außer manchmal in den Nächten. Persönlich, nein, hat sie keinen von ihnen gekannt, aber ihre Namen weiß sie, weil sie sie unzählige Male gelesen hat und auch diesmal reihum liest.

Mit solchen Sachen beschäftigt sie sich jetzt.

Ach, ihr Armen, ist sie versucht zu denken, dabei sind sie gewiss schrecklich glücklich als Tote; *sie* ist es, die ganz arm und unglücklich ist. Sie ist krank, so viel steht fest, aber die Krankheit ist nicht *sie*, sie ist eine andere, und diese andere muss ja in ihr drin noch irgendwo sein, ein wenig versteckt, ein wenig verschüchtert, obwohl sie im Kern weiterhin dieselbe ist, aber eben leider sehr verschüchtert und gefangen in ihren Sorgen und Ängsten, die wie eine Besessenheit sind.

Zu Leonard kann sie später nur sagen, dass sie im Garten gewesen ist und keine Zeile geschrieben hat, es auch nicht versucht hat. Essen will sie heute nicht, was Leonard deutlich missbilligt und sie allen Ernstes zu füttern beginnt, natürlich nicht direkt füttert, sie aber über eine halbe Stunde beredet, ihr abwechselnd das Brot und den Salat zum Mund führt und anschließend ewig lange den Löffel vor ihr in der Luft hält, mit dem Löffel tanzt und immer weiter auf sie einredet: dass sie sich umbringt, wenn sie nicht isst, dass sie der Krankheit etwas entgegensetzen muss, *tanz mit ihr, lach sie aus,* was er alles auf seine Art zu ihr sagt, obwohl er weiß, dass sie Tanzen hasst und jetzt bestimmt nicht lacht.

Zu ein paar Bissen lässt sie sich bewegen.

Ich möchte dieses Leben nicht mehr, sagt sie. Dass alles so weitergeht.

Sie kann sich nicht vorstellen, dass er das möchte, dieses kümmerliche Landleben meint sie, aber er lässt sich mit keiner Silbe darauf ein, er schweigt, isst auch seinerseits nur Happen und beginnt, weiter schweigend, den Tisch abzuräumen.

Ich bin das Leben so leid, sagt sie und kommt für sich zu dem Schluss, dass sie von Nessa gefüttert werden möchte; wenn es unbedingt nötig ist, dass jemand sie füttert, soll es die Schwester sein.

Natürlich möchte sie nichts weniger, als von ihrer Schwester gefüttert werden. Wie kommt sie bloß darauf? Außerdem ist sie furchtbar böse auf ihre Schwester, weil sie ihr diesen nichtssagenden Brief geschrieben hat und nicht ansatzweise berücksichtigt, wer von ihnen das bessere Los gezogen hat, und das ist eindeutig Nessa: Sie hat das glücklichere Naturell, sie hat Kinder, auch wenn ein Drittel nicht mehr am Leben ist, während ihre arme, verrückte Schwester allen Ernstes darüber nachdenkt, von wem sie sich im Falle des Falles ein Löffelchen Brei in den Mund schieben lassen würde, und das sagt ja wirklich alles.

Sie sitzt noch immer in der Küche und rührt keinen Finger, während Leonard die Teller spült und anschließend sorgfältig abtrocknet und in den Schrank stellt, den Tisch wischt und sie sich selbst überlässt.

Danke, sagt sie.

Und er: Gern.

Ich bin aber auch zu gar nichts zu gebrauchen, sagt sie. Darf ich raus?

Sie meint, zum Spaziergehen in die Downs, in der kindlichen Erwartung, dass er es ihr verbietet, aber zu ihrer Überraschung gibt er seine Erlaubnis.

Aber nicht zu lang.

Nein, nein, nur eine halbe Stunde; ich bin so schrecklich rastlos heute.

Einen Moment wartet sie darauf, dass er ihr seine Begleitung anbietet, aber nein, er lässt sie einfach gehen.

Ein bisschen hat sie die Befürchtung, dass er seine Erlaubnis widerrufen könnte, deshalb macht sie schnell, schnappt sich in der Diele Schuhe und Pelz und rennt wie vor Tagen kopflos zum Gartentor.

Ihr ist klar, dass das nicht besonders klug ist, denn Leonard weiß natürlich Bescheid, er weiß jede Sekunde über sie Bescheid, und trotzdem lässt er sie gehen, so als

Probe, vermutet sie, und mit diesen Überlegungen zieht sie sich im Gehen Mantel und Schuhe an und verlässt fluchtartig Haus und Grundstück, fast, als hinge ihr Leben davon ab, obwohl sie ja nur gehen will und nicht sagen könnte, vor was genau sie schon wieder davonläuft.

Wahrscheinlich hat ja jeder zwischendurch etwas, wovor er davonläuft, aber sie kennt es nicht anders; dauernd sind irgendwelche Wesen hinter ihr her oder um sie herum, alle mit den übelsten Absichten.

Tiere trifft es nicht, obwohl sie diese Wesen als Tiere denkt; sie selbst ist ein Tier, ein nicht mehr ganz junger Dachs, der, sobald er seine Höhle verlässt, zu zittern beginnt, sich gehetzt und gejagt fühlt und dieses Gefühl anschließend zurück in seinen Bau nimmt, sodass sich Drinnen und Draußen kaum mehr unterscheiden: Überall gibt es Gespenster und Dämonen, lärmendes Volk, das an ihren Nerven zerrt.

Jetzt, beim Gehen, das sie beruhigt, fällt ihr ein, wie sie damals vor Leonard geflohen ist und er sie wie eine Verbrecherin gestellt und anschließend geheiratet hat.

Seither sitzt sie in der Falle.

Er hat gewartet, bis ihr als Antwort nur noch das Ja blieb, und seither sitzt sie in der Falle.

Menschen, denen man verbunden ist, ja leider, sind wie Fallen.

Sie beißen.

Sie warten auf eine Gelegenheit, und dann beißen sie. Am liebsten in Gesellschaft, dabei hat sie Gesellschaften lange geliebt, denn man kann sich gut verstecken in

Gesellschaften, man sagt raffinierte Sätze, die wie Verstecke sind, man beginnt zu glänzen, aber ausgesaugt wird man am Ende trotzdem.

Leider hat sie ja selten Gelegenheit, in Gesellschaft zu sein, die einzige Gesellschaft, die ihr geblieben ist, ist sie selbst, die zugleich geht und sich beobachtet, wie sie geht, ganz und gar mit Gehen beschäftigt ist und zugleich nur denkt.

Dem Fluss bleibt sie auch heute lieber fern. Die Wahrheit ist, dass es ihr völlig egal ist, wo und wie sie geht, wobei sie immerhin bemerkt, dass es wärmer geworden ist, dass es riecht, dass sich alles dehnt und streckt, die Wiesen, Sträucher, Bäume.

Ach, wie herrlich, es wird Frühling, sollte sie sich jetzt doch sagen, und wirklich sagt sie sich etwas in der Art und hat wiederum nicht die geringste Empfindung dabei.

Den Brief von Vita hat sie immer noch nicht beantwortet, aber jetzt, nach dem Spaziergang, will sie das endlich erledigen.

Das ist zumindest der Plan, während sie in der Diele Schuhe und Mantel auszieht und absichtlich Lärm macht, damit Leonard weiß, dass sie zurück ist und er nicht weiter Ausschau halten muss, was er sicher getan hat; sie hat ihn mehrfach dabei ertappt, wie er oben am Fenster stand und kontrollierte, wohin sie sich in welchem Zustand auf den Weg machte.

Vita hat wie meistens launig und sehr unverständig geschrieben, im Grunde herzlos, eine makabre Schnurre über Wellensittiche, die bei ihr in Sissinghurst angeblich verhungert sind, weil es weit und breit kein Futter zu kaufen gibt, und das sind also die lächerlichen Probleme von Vita.

Sie hat nicht die geringste Lust, genauer darauf einzugehen und sich zu überlegen, ob die Geschichte in Wirklichkeit davon handelt, dass Vita am Verhungern ist und sich weiterhin sehnt und vor Sehnsucht fast stirbt, weil sie weit und breit kein Futter für sich bekommt, von der bösen Virginia schon gar nicht.

Bis vor Kurzem hat sie Vita in ihren Briefen als geliebtes Wesen tituliert, aber heute tituliert sie überhaupt nicht, legt einen Brief bei, der irrtümlich in Rodmell gelandet ist, lässt noch den kleinsten Gruß wie jede Unterschrift weg und schreibt in aller Kürze dies:

»Sieh Dir diesen Brief an, der an den *New Statesman* geschickt wurde, adressiert an Miss Virginia Woolf. – Was für eine seltsame Gedankenübertragung! Nein, ich bin nicht Du. Nein, ich halte keine Wellensittiche. – Sterben sie alle im gleichen Moment? Wann sollen wir kommen? Gott weiß es.«

Mehr fällt ihr nicht ein. Es ist der alte Ton, eine Verbeugung vor der Musik, die all die Jahre zwischen ihnen erklungen ist, aber es gibt keine Verbindung. Vita hat sich mit keiner Silbe nach ihr erkundigt, und so ist es nahezu unmöglich, etwas über ihren Zustand zu schreiben. Lies die Stellen in *Mrs. Dalloway* nach, könnte sie schreiben, da steht, in welchem Zustand ich bin, es ist pfeilgerade der des armen Septimus, der sich aus dem Fenster stürzt, weil ihm seine gesamte Umgebung zuschreit, er solle sich endlich töten, was jemand wie Vita bestimmt nicht begreift.

Sie hat zwischenzeitlich die etwas ramponierte Erstausgabe geholt, das Umschlagpapier ist rissig und ein wenig angegilbt, aber den Widerstreit von Schwarz und Gelb findet sie noch immer interessant. Ohne Mühe findet sie die Stellen. Es kommt alles vor: der Standpunkt Vitas, wonach das Leben nicht gar so schlecht ist, die Frage nach der richtigen Methode sowie die merkwürdige Beobachtung, dass der Zustand absoluter Verlassenheit eine lustvoll-schwelgerische Seite hat: Man wird frei, wenn man an nichts mehr hängt, und nach dieser Freiheit kann man sich nur sehnen.

Aber davon haben die Vitas und Leonards und Nessas dieser Welt keine Ahnung. Sie verstehen buchstäblich nichts. Als spräche sie eine andere Sprache, einen abgelegenen Wüstendialekt, der einer schwer verständlichen Grammatik gehorcht und voller, sie weiß nicht, Blitze ist, etwas, das die Dinge beleuchtet und im nächsten Augenblick in allertiefstes Dunkel taucht, beinahe ohne jede Farbe ist, spitz und grausam und wiederum das glatte Gegenteil: bergend, schützend.

Und genau das ist, was sie sich am sehnlichsten wünscht: endlich geschützt zu sein, ein für alle Mal.

Beim Abendessen versucht sie sich Leonard neuerlich zu erklären, redet leicht wirr von Vitas Brief, dass sie ihr nicht schreiben kann, aber doch geschrieben hat, dass sie spazieren gegangen ist und an Septimus gedacht hat.

Hast du das Buch je gelesen?, fragt sie.

Sie meint, als Auskunft über sie, dass da etwas deponiert ist, was bis heute gilt oder zu ihr zurückgekehrt ist, wie wenn nach Jahren jemand plötzlich vor der Tür steht, den man vergessen hat. Freund will sie nicht sagen, aber warum nicht, Gedanken können so etwas wie Freunde sein.

Sie fragt: Bist du mein Freund?

Wahrscheinlich ist es dumm von ihr, dass sie ihn nicht richtig antworten lässt, allerdings ist das auch nicht nötig, denn natürlich hat er *Mrs. Dalloway* gelesen, natürlich ist er so etwas wie ein Freund, er ist nicht blind, er weiß, dass der Tod ein wiederkehrendes Thema bei ihr ist, eine Art Hund, der sie überallhin begleitet und den er nicht sonderlich ernst nimmt, ein klitzekleines bisschen allenfalls, am Rande seines Sichtfelds, wo Sehen und Nichtsehen ineinander übergehen.

Ich bin dein Mann, sagt er. Ist das mehr oder weniger als ein Freund?

Darauf weiß sie keine Antwort.

Du bist, der du bist, sagt sie zögernd, aber wenn sie ehrlich ist, weiß sie nicht, wer er ist, für sie, für sich, niemand weiß das.

Aber da ist eine Scheibe Brot mit Butter, die man durchschneiden kann, auch die Tomate kann man schneiden und anschließend mit Salz und Pfeffer bestreuen. Messer und Gabel scheinen über Nacht schwerer geworden zu sein, jedenfalls ist das der Eindruck, sie spürt die Schwere des Bestecks, das Silbrige, möchte sie annehmen, die fremde Hand auf ihrer Haut, denn irgendwann legt Leonard die Hand auf ihrer ab, oberhalb der Knöchel. Auch ihre Knöchel meint sie zu fühlen, das komplizierte Arrangement der Sehnen und Muskeln und Knochen, die unzählige kleine Dienste für sie verrichten und machen, dass man schreiben oder über ein paar Lippen fahren kann oder wie jetzt die Hand über den Tisch zurückziehen, damit sie von Leonard nicht so leicht gefunden wird.

Sie hätte gerne eine andere Haut, überlegt sie, eine wie die von Leonard, die ledrig und biegsam ist und dafür sorgt, dass ihn von draußen nichts so leicht bedrängt oder aus der Fassung bringt wie sie.

Das ist der große Unterschied zwischen ihm und ihr, dass er überall gepolstert ist, während sie auf Hüllen und Prothesen angewiesen ist, das Licht, das auf sie fällt, das Haus, das eine Hülle oder Prothese ist oder zumindest war, sie weiß nicht recht.

Erzähl mir von unseren Häusern, sagt sie.

Sie sitzen schon eine Weile auf den ihnen zugewiesenen Plätzen im Wohnzimmer, ein wenig wie zwei Schauspieler, die die Eröffnung vergessen haben, aber jetzt haben sie eine und können gemeinsam erkunden, wie es weitergehen soll.

Von unseren Häusern?

Ja, ja, bitte, sagt sie.

Von Asham soll er erzählen und wie schattig es dort gewesen ist, wie sie das Haus in Rodmell gefunden haben, von der Versteigerung, den namengebenden Mönchen, die es nie gegeben hat, den Bauarbeiten, wie sie erstmals das Telefon benutzt haben, das neue WC, ihre Bowls-Partien nicht zu vergessen, die Nachmittage im Liegestuhl, die immer viel zu langen Abende mit den Gästen, die Gewitter.

Also erzählt er. Und nein, er sagt nicht, dass sie das alles weiß, dass sie bei jedem Schritt dabei gewesen ist, was sie sich überhaupt davon verspricht, ganz im Gegenteil, es scheint ihm zu gefallen, noch einmal alles zu rekapitulieren. Leonard liebt die Geschichten ihrer Häuser, während sie nur darauf wartet, dass sich eine beruhigende Wirkung einstellt, eine Erinnerung an die Zeiten, in denen Monk's House eine Art Mantel für sie war, den man bei Bedarf achtlos überstreift und danach ebenso achtlos zur Seite legt.

Leonard sagt, dass er jede Minute glücklich gewesen sei, hier, auf dem Land. Er braucht das Haus nicht, deshalb liebt er es, während sie es braucht und nicht tauglich findet und darum nur wenig liebt.

Sag nicht, dass wir zusammen alt werden.

Und er: Doch, doch, genau das habe ich mit dir vor.

Er kann sie immer noch zum Lächeln bringen, denn

jetzt lächelt sie, aber als handelte es sich um ein letztes Zugeständnis, nur dieses eine Mal lächele ich noch für dich, aber dann, du wirst ja sehen, was dann ist.

Später, in ihrem Zimmer, liest sie wieder in ihren Tagebüchern, das ist nett, obwohl sie nicht wirklich liest, sondern allenfalls schweift, an verschiedenen Stellen schnüffelt, auf der Suche nach Leonard, wie sie mit Verwunderung feststellt, da er doch oben am Kamin sitzt.

Sie müsste nur aufstehen und zu ihm gehen oder nach oben in sein Zimmer, so er schon in sein Zimmer gegangen ist, aber stattdessen sucht sie ihn in diesen Kladden, in denen immerzu von der Eitelkeit gewisser Leute die Rede ist, wie kalt und egoistisch sie sind, ihre Brüder und Schwestern im Geiste, wie man wohl sagen muss und wie sie sich selbst ansatzweise gesteht und zugleich verzeiht.

Am 17. September 1933, einem Sonntag, schreibt sie das:

»Um meine Kriegserinnerungen aufzufrischen, habe ich ein paar alte Tagebücher gelesen. Wie schnell die Tränen kommen, wieder & wieder; wenn ich von L. & mir lese am Green: unser Streiten; wie er in mein Bett kroch mit einer kleinen Börse; & so weiter: wie wir unser Einkommen durchrechneten & ich zum Tee eingeladen wurde als etwas Spezielles.«

Sie hat nicht die geringste Ahnung, was für eine Teeeinladung das gewesen sein soll; Streits hat es natürlich gegeben, nicht selten über Geldfragen, doch am meisten wundert sie sich über ihre Tränen und dass Leonard zu ihr ins Bett gekrochen sein soll mit einer Börse – warum um Himmels willen fängt man wegen einer Börse zu weinen an, und in welchem Zusammenhang hat sich das überhaupt zugetragen?

Der Zusammenhang ist ihr entfallen, und wahrscheinlich spielt er keine Rolle, aber über dieses *& so weiter* lohnt es sich nachzudenken, und wieder und wieder über ihre Tränen, über die man gewiss nur lachen kann, denn wegen eines *& so weiter* muss man Jahre später nicht in Tränen ausbrechen, außerdem findet sie, dass Tränen in aller Regel nicht nur keinen Nutzen haben, sondern Theater sind.

[SONNTAG, 23. MÄRZ]

Trotzdem muss sie jetzt weinen. Und das ist doch eigentlich sehr schön, wenngleich sie nicht recht begreift, warum, um welche Tränen genau es sich handelt, die alten oder die neuen oder gänzlich unbekannte, revolutionäre, wie sie so als Weinende überlegt oder besser weiß und weiter und weiter weint und spürt, wie angenehm müde sie wird, ihr kummervoller Geist oder was immer sie da weinend in den Schlaf wiegt, das trotzige, dunkle Mädchen, das in ihr wohnt und ihr vorübergehend Gesellschaft leistet oder auf sie aufpasst.

Irgendjemand passt gewiss auf sie auf, nicht wahr?

Der komplette Shakespeare passt auf sie auf, ein Stückchen Mond, die schlafenden Vögel in den Bäumen, der zuverlässige Wind, das Mädchen nicht zu vergessen, wobei es doch wohl eher umgekehrt ist und sie auf das Mädchen aufpasst, und so liegen sie da beieinander, in einvernehmlicher Ruhe, wenn der Schein nicht trügt.

Einmal wird sie wach und muss lachen, weil sie im Traum Leonard beim Bowls geschlagen hat, was in all den Jahren, die sie spielen, so gut wie nie geschehen ist. Er ist schrecklich wütend, dass er verloren hat, zwei, drei Spiele hintereinander, er ist sehr bleich, was sie ziemlich amüsiert, und wie er die Kugeln über die Mauer auf den Friedhof wirft und sich beharrlich weigert, sie zurückzuholen.

Du bist schlimmer als Hitler, sagt er zu ihr, dabei ist das, wie sie sich erinnert, eine Überlegung von ihr, dass ihr Verlierer-Zorn mit Hitler zu tun hat, und mit diesem Gedanken stapft sie fast selig zurück in ihren Schlaf.

Als sie erwacht, ist es vor fünf. In einer Art Wut, die sehr hilflos ist, beginnt sie aufs Neue zu tigern, wobei sie komisches Zeug vor sich hin redet, ihre Schritte zählt, Drehungen und Wendungen, wie oft sie am Fenster gewesen ist, dass sie nicht gut riecht, aber unbedingt weitergehen muss und die immer selben Sätze sagen: dass sie nicht verrückt ist, dass sie nicht mehr kann, dass sie wegwill, aber Leonard sie nicht lässt.

Gut nachdenken kann sie unter diesen Umständen natürlich nicht, obwohl sie immerhin versucht, Ursachen und Wirkungen auseinanderzuhalten, was zuerst und was danach gewesen ist, am Anfang die vielen Toten, Mutter, Vater, Stella, Thoby, die dunkle und wieder gar nicht so dunkle Geschichte mit ihren Halbbrüdern George und Gerald, über die zu schreiben sie versucht hat, in dem Wissen, dass das Darüber-Schreiben nicht hilft.

Eine Weile werden Denken, Dämmern, Schlafen eins.

Und das ist in Kürze ihre Nacht. Kaum ist sie richtig wach, kommt Leonard mit dem Frühstück, der aber gleich weggeschickt wird, denn jetzt muss sie noch einmal über ihre bösen Brüder nachdenken, ihre erste höchstpersönliche Erfahrung, dass man bei lebendigem Leibe sterben kann, innerlich erlöschen und trotzdem weiter existieren, in diesem abgestorbenen Modus, der weder Tod noch Leben ist.

Sie hat die dazugehörigen Szenen nur schemenhaft vor Augen, aber die eine, entscheidende ist hell und klar: wie

George sie im Haus der Eltern auf einen Sims stellt und in aller Ruhe anfängt, ihre privaten Körperteile zu erkunden, begleitet von allerlei schmeichlerischen Reden, die fast schlimmer sind als das, was seine Hände und Finger anrichten, denn gegen Berührungen kann man sich ansatzweise wehren, sich einreden, dass man tot ist, während man dem Gerede hoffnungslos ausgeliefert ist.

Sechs Jahre ist sie damals alt.

Sie weiß nicht recht. Ist, was man vergisst, der Schaden oder das, woran man sich erinnert? Denn ihr Körper erinnert sich voller Pein an jedes Detail, während die schändlichen Worte längst zu einem nichtssagenden Geräusch geworden sind oder der Anfang ihres Glaubens, dass es auch andere Worte geben muss, solche die bleiben und – wie soll man sagen –, ja, *gut* sind.

Da Leonard nicht wiedergekommen ist, steht sie endlich auf und lässt im ersten Stock ein Badewasser ein, damit sie wieder gut riecht, denn sie hat seit Tagen nicht gebadet, obwohl es seit Jahren eine Gewohnheit von ihr ist, jeden Morgen ein Bad zu nehmen und beim Baden die ersten Sätze zu probieren, aber seit es keine Sätze mehr gibt, ist das Ritual ohne jeden Sinn. Jedenfalls badet sie nur kurz, wäscht sich gründlich ab, versucht aber gar nicht erst zu liegen, sondern ist im Nu abgetrocknet und angezogen, begrüßt im Hinuntergehen Louie, die auf dem Weg ins Wohnzimmer ist, bevor sie sich zu Leonard in die Küche begibt, wo sie mit den üblichen Formeln von ihrer Nacht berichtet, dass sie von ihm geträumt hat und, seit sie wach ist, über ihre Brüder nachdenkt.

Ja?, sagt er.

Sie hat ihn ausnahmsweise geküsst, unterhalb des Jochbeins auf die Wange, wo es eine pelzige Stelle gibt, wie sie irritiert feststellt, ein Stück Fell, das da vorher nicht war, ein Stück Tinker, wie sie denkt und dann sagt: Ich kann dir gar nicht sagen, wie froh ich bin, dass die beiden tot sind.

Der Satz kommt ihr eben in dem Moment in den Sinn, da sie ihn ausspricht, dabei weiß sie sofort, dass er ganz falsch ist, denn wenn sie so über die beiden spricht, muss man ja annehmen, dass sie in einem Winkel ihrer Seele noch am Leben sind, dabei sind sie mausetot, zu Staub zerfallene Monster, eigentlich Witzfiguren, die man nicht weiter ernst nehmen muss.

Sie hat sie auf ihre Schandtaten nie angesprochen. Sie ist blitzschnell in den Bus gestiegen, wenn sie einen von ihnen in der Stadt gesehen hat; sie hat ihnen den Tod gewünscht und bis mit Mitte zwanzig bei jeder Begegnung vor Wut gezittert, aber mit den Jahren sind sie reine Nichtse geworden. Sie hat andere Männer in ihnen wiedererkannt und die beiden womöglich nicht nur gehasst, weil sie Gerald immerhin ihren ersten Roman anvertraut hat, was an ihrer beider Nichtigkeit nichts ändert.

Ich schaue mir mal an, was ich über die beiden geschrieben habe, sagt sie, ohne rechten Schwung, wie sie zugeben muss, aber entschlossen, es noch einmal mit diesen längst nicht abgeschlossenen Erinnerungen zu versuchen, die sie sogar schon abgetippt hat, ihr aber womöglich – sie weiß nicht – zu harmlos und weitschweifig geraten sind.

Willst du nicht noch eine Tasse Tee, fragt er, aber sie schüttelt den Kopf, sie muss so schnell wie möglich an ihren Schreibtisch, wo das Typoskript liegt, und macht sich auch sofort auf den Weg.

Und dann liest sie. Ursprünglich hat sie nur die Stelle mit den Brüdern im Sinn gehabt, aber jetzt fängt sie richtig von vorne an, liest und findet es oft nicht schlecht, die Stelle mit dem Sims, ein paar verstreute Gedanken, die ihr lieb geworden sind, dass jeder Tag viel mehr Nichtsein als Sein beinhaltet und man, was man heute schreibt, in einem Jahr gewiss nicht schreiben würde.

Manchmal nickt sie zu einer Formulierung, sinnt ihr nach, ob die Kindheit als Raum wirklich eine Kathedrale ist oder nicht eher eine Ansammlung schwer einsehbarer Zellen, die nur lose zusammenhängen.

Sie liest und liest, was doch zweifellos eine sinnvolle Beschäftigung ist, ihr aber begreiflich macht, warum sie so nicht weitermachen kann. Oder besser: Sie kann auf jeden Fall so weitermachen und schreiben, wie aus dem Mädchen allmählich eine junge Frau wird, und ewig so weiter, bis der Tag kommt, da Leonard in ihr Leben tritt, und über Leonard, nein, kann und wird sie nicht schreiben, denn über Leonard könnte sie nur lügen.

Darüber denkt sie ziemlich lange nach. Über das Warum, was gewesen wäre, wenn die Brüder nicht gewesen wären, ihre Ehe mit Leonard eingeschlossen.

Sie hat ihm ihr körperliches Nein früh und brutal ins Gesicht gesagt, aber das ändert wenig daran, dass sie ihn letztlich betrogen hat und weiter betrügt, denn sie wird sehr bald von ihm weggehen und es bis zum letzten Moment nicht sagen.

Auch darüber denkt sie nach, ob man das darf, ob das nicht abscheulich von ihr ist, warum sie nicht offen mit ihm spricht und zugibt, dass da jemand ist, schau, so und so sieht es in mir aus, leider kann ich nicht erkennen, wie sich das noch ändern soll.

Sie blickt eine Weile aus dem Fenster und weiß, dass sie Leonard nicht verlassen kann; er hat nichts Böses getan, im Gegenteil, nur Gutes hat er ihr getan, weil er einer ist, der das Gute fast mühelos zustande bringt, und deshalb kann sie nicht weg, sie ist zu tief verschuldet, sie muss bleiben.

Es ist entsetzlich, dass sie bleiben muss, aber das ist die unumstößliche Wahrheit.

Sie taumelt unter dieser Wahrheit, deshalb bleibt sie erst mal sitzen, in dem Wissen, dass sie irgendwann zurück muss, zu ihm, der wahrscheinlich oben in seinem Zimmer ist und zu arbeiten versucht, während sie sich langsam Richtung Hauseingang bewegt und zögert, ob sie hineingehen soll, für alle Zeiten *ja* oder *nein*, und natürlich geht sie rein, wobei sie innerlich schreit und sich im selben Moment fügt, als wäre sie eine Verdammte, jemand, den die Götter zu eben dieser Verdammnis verurteilt haben und bestimmt nicht von ihr lassen.

Sie kann sich nur fügen.

Warum wehrst du dich nur so, hör auf damit, sagt sie sich, weil sie von nun an wirklich alles ertragen will, man braucht nur ein bisschen Mut dafür, und dann erträgt man es schon.

Zärtlichkeit

6

[FORTSETZUNG SONNTAG, 23. MÄRZ]

Aber seltsam, kaum hat sie sich gefügt, kommt ihr Geist zur Ruhe und wird für gewisse Dinge empfänglich, die Wohlgerüche aus der Küche, Leonards Pfeifen, sein erfreuter Blick, als sie sich zu ihm gesellt und mit ziemlicher Sicherheit weiß, dass er mit allem einverstanden sein wird; was immer sie tut oder lässt, er wird es gutheißen oder rückblickend verzeihen.

Sie isst das Essen mit Appetit, irgendein Fleisch mit Gemüse, auf das sie nicht weiter achtet, weil sie mit dieser neuen Empfindung der Weite beschäftigt ist, der neuen Zärtlichkeit gegenüber dem Mann, den sie ruhig und entspannt betrachten kann, ohne Vorwurf gegen sich oder ihn.

Natürlich hat er nicht die geringste Ahnung von diesen neuen Empfindungen, die ja darauf hinauslaufen, dass sie bereits weg ist und nur deshalb noch eine Weile bleibt, bei ihm in der Küche oder später in ihrem Zimmer, denn sogar das scheint denkbar, dass sie ihn zu sich einlädt, um sich ihm in einer großen nachholenden Bewegung zu überlassen und eben dadurch zu verabschieden.

Ja, würde er das wollen?

Wenigstens küssen könnte sie ihn. Sie hat ihn seit Ewigkeiten nicht geküsst, richtig wie eine Frau, und tatsächlich küsst sie ihn jetzt, steht kurz auf und bietet ihm den Mund, was er zweifellos erstaunlich finden muss, beinahe ein bisschen verrückt, nimmt sie an, aber nein, er ist nur freudig überrascht.

Ich bin noch nicht verloren, sagt sie dort in der Küche, und dass sie sehr ruhig geworden ist; über Nacht ist die große Ruhe über sie gekommen. Alles ist still und weit, in ihr drin, will sie sagen, es ist jede Menge Platz, und alle, alle dürfen sie besuchen, das kleine Mädchen natürlich, die ganzen Toten und Untoten, jeder soll jederzeit Zutritt haben. Und wenn es ihr zwischendurch zu viel wird, legt sie sich in eine Ecke und schließt die Augen, in all dem wuseligen Lärm, den sie aber nicht hört, oder doch hört, aber wie etwas Angenehmes, eine Art Musik mitten in ihrer Seele, die von nun an nicht mehr aus dem Gleichgewicht zu bringen ist.

Leonard, das fällt ihr im Nachhinein auf, hat nicht viel zu ihren euphorischen Beschreibungen gesagt, nicht mal genickt hat er oder sich am Kopf gekratzt; er kratzt sich oft am Kopf, aber heute zeigt er nicht die geringste Regung, weshalb sie sich schon fragt, ob sie ihre Ansprache nur geträumt hat.

Aber was soll's, Hauptsache, das neue Gefühl geht nicht weg, außerdem hat sie jede Menge zu tun oder zu bedenken, obwohl ihr auf Anhieb nicht einfällt, was, aber dann doch: Sie hat den Brief ihrer Schwester nicht beantwortet, über den sie sich so geärgert hat.

Aber um ihn zu beantworten, muss sie ihn erst mal finden, an den üblichen Stellen im Haus ist er nämlich nicht, offenbar hat sie ihn nach drüben ins Gartenhaus genommen, und tatsächlich findet sie ihn zwischen allerlei Papieren, geht ihn kopfschüttelnd durch, bevor sie in anhaltender Ruhe und ohne jede Mühe die Antwort schreibt:

»Liebste, Du kannst Dir nicht vorstellen, wie ich Deinen Brief liebe. Aber ich habe das Gefühl, dieses Mal zu weit gegangen zu sein, um noch zurückkommen zu können. Ich bin mir jetzt sicher, dass ich wieder verrückt werde. Es ist genau wie beim ersten Mal, ich höre ständig Stimmen, und ich weiß, dass ich es diesmal nicht überwinden werde. – Ich will nur sagen, dass Leonard so erstaunlich gut war, jeden Tag, immer; ich kann mir nicht vorstellen, dass irgendjemand mehr für mich hätte tun können als er. Wir waren absolut glücklich bis zu den letzten paar Wochen, als dieses Grauen anfing. Wirst Du ihm dies versichern? Ich spüre, dass er so viel zu tun hat, dass er weitermachen wird, besser ohne mich, und Du wirst ihm helfen. – Ich kann kaum noch klar denken. Wenn ich könnte, würde ich Dir sagen, was Du und die Kinder mir bedeutet haben. Ich glaube, Du weißt es. – Ich habe dagegen angekämpft, aber ich kann nicht mehr. Virginia.«

Wie im Flug schreibt sie das, aber an vielen Stellen

ohne rechte Empfindung, als würde sie den von ihr beschworenen Zustand gerade mal so aus dem Gedächtnis zitieren, ohne in diesem Zustand zu sein; dass sie Stimmen hört, gehört zu ihrer Erfahrung, aber während sie davon schreibt, hört sie doch keine einzige und kann insofern nicht wissen, ob sie wieder verrückt wird.

Kann es stimmen, dass sie nicht mehr klar denken kann, da sie eben dies in aller Klarheit behaupten und zu Papier bringen kann?

Das beschäftigt sie. Nicht weil sie Bedenken hätte zu lügen; sie findet nichts dabei, hie und da zu lügen, und lügt ja, streng genommen, auch nicht.

Trotzdem scheint es etwas zu bedeuten, wenn sich die vielen kleinen Wahrheiten über ihren Zustand *beim Schreiben* in lauter klitzekleine Lügen verwandeln, die zwar jederzeit zu Wahrheiten werden können, aber nur, solange sie nicht darüber schreibt.

Über ihre Krankheit, ihre Verzweiflung, das meint sie zu begreifen, kann sie nur schweigen; nur im Schweigen darüber existiert sie.

Rede nicht, handele. Ist das nicht die einzig logische Schlussfolgerung daraus, obwohl sie weiterhin zögert?

Mit Anfang dreißig, ja, da war sie noch in der Lage, skrupellos gegen sich selbst zu sein, obwohl diese Skrupellosigkeit, genau betrachtet, eine Form von Zärtlichkeit war; sie passte auf sich auf, weil ja sonst niemand auf sie aufpasste, von den lieben, guten Tabletten abgesehen, die sie irgendwann für sich entdeckte und die sich in ihren Händen zu kleinen, freundlichen Hügeln türmten und wunderbarste Aussichten versprachen, in einer ruhig schwingenden Landschaft, viel schöner noch als die Downs, wo man beim Gehen schlief und beim Schlafen auf interessante Wege und Abwege geriet, nur dass kein einziger gefährlich war oder es einem nach und nach egal wurde, ob er gefährlich war, denn irgendwann war man einfach weg, im Sinne von nicht auffindbar, nicht mehr rückholbar, für immer woanders, obwohl man sie damals ja in letzter Minute zurückgeholt hat, was ihr bestimmt nicht recht gewesen ist, sie wäre lieber weggeblieben.

Sie ist auf Abwege geraten, stellt sie fest, was nicht weiter schlimm ist, da es sich lediglich um Ausflüge ihres Geistes handelt und die Arbeit des Tages getan ist: Der Brief an die Schwester ist geschrieben, wenngleich sie ihn vorläufig nicht abschickt, weil es letztlich keine Rolle spielt, wann er die Adressatin erreicht, die Schwester soll über sie denken, was sie will, im Grunde sind ihr die Schwester und deren Überlegungen längst egal.

Diese neue, alte Gleichgültigkeit gefällt ihr: dass alles denselben Wert hat, dasselbe Gewicht, nämlich so gut wie keins, was ja bedeutet, dass die ganze Welt – na ja – jederzeit wegfliegen kann, Häuser, komplette Landschaften, die Eisenbahn, Wege und Straßen, die Leute; alles scheint sich nach und nach in die Lüfte zu erheben und wegzufliegen, bis nur noch das arme eigene Ich übrig bleibt, allein und schutzlos, aber auf eine Weise allein, dass es eines Schutzes nicht bedarf.

Und wirklich fühlt sie sich in diesem neuen Alleinsein erstaunlich wohl, als gäbe es nur sie und den Spiegel und das Bild, das der Spiegel zeigt und bislang noch jedes Mal starke Empfindungen in ihr entfacht hat: Ja, du, das bist du, ich bin das, und niemand anderen als dich kann und werde ich lieben.

Für einen Moment scheint alles stillzustehen.

Ein paar ferne Stimmen sind zu hören, aber daran hat sie sich gewöhnt, sie versucht, nicht hinzuhören, trotzdem ruft da beharrlich jemand ihren Namen, und natürlich ist es Leonard, der möchte, dass sie mitkommt auf einen Besuch ins Dorf, wie sie es besprochen haben.

Sie fragt sich, welches Dorf, welcher Besuch, sie möchte niemanden besuchen, aber leider kann sie sich schlecht wehren und lässt sich überreden, Mantel und Schuhe anzuziehen. Das Wetter ist alles andere als einladend, was den Vorteil hat, dass fast niemand auf der Straße oder im Garten ist, sie kommen zügig voran. Leonard muss sie da seit Neuestem immer ein wenig schieben und ziehen und macht tapfer Werbung für Mrs. Chavasse, denn zu Mrs. Chavasse sind sie unterwegs; ihr ist kürzlich der Mann gestorben, und sie hat aus irgendwelchen Gründen das Recht erworben, dass man sie von Zeit zu Zeit besucht.

Es wird der langweiligste Besuch, den man sich vorstellen kann, obwohl er am Rande immerhin interessant ist: Zwei Söhne dieser Mrs. Chavasse sind auf den europäischen Schlachtfeldern geblieben, und seither muss sie sehen, wie sie ihre kostbaren Toten von diversen Ungezogenheiten abhält, jedenfalls ist das der Eindruck, den man gewinnen kann.

Selbst sagen muss man zum Glück so gut wie nichts, das erledigt freundlicherweise Mrs. Chavasse, von der bei aller Redseligkeit eine faszinierende Kälte ausgeht, aber was soll's, kalt ist sie schließlich selbst, innerlich fast tot, worüber sie bei Gelegenheit schreiben könnte, über die Vor- und Nachteile der Kälte, falls sich die Gelegenheit noch ergibt, und warum sie die Kalten jederzeit erkennt und sich an ihnen stößt beziehungsweise regelmäßig enttäuscht oder erstaunt ist, dass man sie nicht wärmen kann.

Auf dem Nachhauseweg, der nicht lang ist, sagt sie zu Leonard, dass sie allmählich aufhört, etwas zu vermissen oder herbeizuwünschen, und die Dinge friedlich so nimmt, wie sie gerade der Fall sind, oder sich dergleichen vornimmt.

Ist es ein gutes oder ein schlechtes Zeichen, wenn man sich nicht mehr sehnt? Bitte sag mir das.

Er findet, dass man die Frage nicht gut beantworten kann, aber ja, es scheint das Richtige zu sein; wenn man älter wird, kann man leichter zustimmen, glaubt er, während umgekehrt die Sehnsucht eine Form der Nichtzustimmung ist.

Und sie: Wir werden alt, na gut.

Jetzt ist sie fast ein wenig ungehalten. Versteht er wirklich überhaupt nichts?

Früher die ganzen Gesellschaften, wie da alle durcheinandergeredet haben, sagt sie. Aber erinnern kann ich mich an keinen einzigen Satz; es ist alles spurlos verschwunden. Alles.

Das möchte er so natürlich nicht gelten lassen und nennt Beispiele, wo etwas geblieben ist, eine Art Echo, wenn Maynard über die großen Geldmaschinen gesprochen hat, aber wenn er's recht bedenkt, ja, doch, ist das meiste erheblich geschrumpft, man hat nicht viel in der Hand, ein paar Schemen, wacklige Aufnahmen von dem und dem Gast, aber so auf Anhieb, ohne seine Notizen, zum Glück hat er ja seine Notizen.

Du hast dein Tagebuch, sagt er.

Wer sich Notizen macht, hat später etwas, an das er sich erinnern kann, aber die bittere Wahrheit ist, dass der Großteil – warum gibt er es nicht zu – weg ist, wie nie gewesen.

Inzwischen sitzen sie in der Küche und essen Louies neueste Suppe, oder es ist die Suppe von gestern, falls es gestern Suppe gegeben hat, so genau weiß sie solche Details nicht mehr.

Ist es so, dass das meiste einfach verschwindet?, will sie wissen, und zu ihrer Befriedigung gibt er zu, dass es so ist.

Obwohl du seit Jahren alles aufschreibst? Du schreibst doch jedes kleine Fitzelchen Leben auf. Aber trotzdem.

Er nickt.

Siehst du. Siehst du? Am Ende steht man mit leeren Händen da!

Ja, vielleicht, sagt er.

Ich weiß so wenig über dich, sagt sie, was hauptsächlich an ihr liegt, wie sie weiß, aber eben nicht nur.

Sie hört nicht gut zu, wenn er von sich spricht, seine Sachen langweilen sie, während sie sich mit ihren eigenen so gut wie nie gelangweilt hat, und also ist es doch nur vernünftig, wenn nicht er, sondern sie das große Thema ihrer Ehe ist und er in immer neuen Variationen sagen kann, wie sehr er sie bewundert und was es genau ist, das ihn zu ihr hingezogen hat. Gerade jetzt könnte er es mal wieder tun, und siehe, er kann es auf der Stelle: zu ihrer Stimme, ihrem Humor, ihrer Dunkelheit, sagt er; das mit der Dunkelheit ist neu.

Dunkel warst du immer.

Ja, das ist wahr, sagt sie. Dunkel und kalt wie eine späte Januarnacht.

Denn Ende Januar hat sie das Licht der Welt erblickt.

Es gibt Momente, in denen sie ihre Kälte körperlich spürt, und tatsächlich friert sie jetzt, und das ist doch einigermaßen seltsam, dass man sich selbst zum Frösteln und Frieren bringen kann, während in zwei Meter Entfernung ein Kaminfeuer brennt und es auch draußen nicht sonderlich kalt ist.

Beinahe möchte sie sagen: leider, weil noch lieber als in den Fluss würde sie sich da draußen unter eine Decke aus Eis und Schnee legen, damit alles schön frisch bleibt, wenn man nicht mehr ist: Man nickt kurz ein, und wenn man aufwacht, hat man rote Bäckchen vom Schlafen und ist tot, aber weiterhin angenehm anzusehen, so im weißen Bettchen und unter den warmen Decken, die auch wirklich alles zudecken bis auf das Köpfchen, das mit einem Lächeln herausschaut und weiterschlafen möchte für immer.

So stellt sie sich vor, dass es ist, wenn man erfriert; kurz, es ist überhaupt nicht schlimm, wenn man erfriert, auch für die deutschen Soldaten im weiten Russland übrigens nicht, denn was gibt es Schöneres, als unter den weißen Decken Russlands zu liegen, wo einem nichts und niemand gefährlich werden kann.

Genau das ist seit Ewigkeiten ihr Wunsch: immun zu sein, außerhalb der Reichweite der Pfeile, der Schwänze, wenn man diesen Organen so viel Bedeutung zumessen will, die sie zeitlebens ja kaum zu Gesicht bekommen hat, Leonards eingeschlossen.

Mir ist kalt, sagt sie, weil das gerade das Thema zwischen ihm und ihr gewesen ist, ihre Kälte und seine Liebe, sein Schwanz, oder was immer genau das Thema gewesen ist, ihre Dunkelheit, gewiss, dazu ihre neue Aufgeräumtheit, von der sie nicht in allen Einzelheiten weiß, was sie bedeutet.

Wenn sie sagt, dass ihr kalt ist, handelt es sich üblicherweise um die Ankündigung, dass sie ins Bett will, aber seltsam, obwohl sie ins Bett will, will ein Teil von ihr bleiben und etwas von ihm anfassen, ein Stückchen Haut, naheliegenderweise seine Hand, die nicht allzu weit entfernte, weshalb sie sich kurz streckt, mit dem Sessel etwas in seine Richtung rückt und dann wirklich seine Hand nimmt, ihre Temperatur misst, ihre Empfänglichkeit, gewissermaßen horcht, wie Hand und Handbesitzer das finden.

Tatsächlich sagt der Besitzer der Hand kein Wort, sucht ihren Blick, den er auch findet, während zwischen Hand und Hand nicht sonderlich viel passiert, ein kurzes Getänzel und Gekreisel, da man sich ja wirklich gut kennt und gemeinsam zu dem Schluss kommt, dass es größerer Manöver nicht bedarf.

Und damit sind die Innigkeiten vorbei. Man steht auf und nickt sich kurz zu, das Paar ist bereit, sich zur Nachtruhe zu begeben, es werden die üblichen Vorbereitungen getroffen, Maßnahmen zur Körperpflege, die Tabletten nicht zu vergessen, wozu es nach all den Jahren wenig zu sagen gibt; die Dinge laufen in den bekannten Bahnen, man kann sich verlassen oder hat den Eindruck, sich verlassen zu können, alles wird zuverlässig so weitergehen, weil das ist ja der Witz, dass von sich aus alles weitergehen will, und solange niemand aufsteht und Nein sagt, geschieht genau immer nur das.

[MONTAG, 24. MÄRZ]

Nach den Szenen des Abends ist sie vergleichsweise optimistisch, was die bevorstehende Nacht betrifft, überlegt sogar, ob sie die Tabletten weglassen soll, da sie für ihre Verhältnisse geradezu normal ist, in ihrem Kopf die Gedanken liegen schön brav in ihren Bettchen, niemand möchte, dass sie aufsteht und durch die Zimmer schleicht, sie kann einfach so liegen und warten, wobei Warten das falsche Wort ist, genau genommen liegt sie einfach nur.

Gibt es irgendwelche Geräusche?

Nein, es ist absolut still, schließlich ist es nach Mitternacht, wer oder was soll jetzt groß Geräusche machen, allerdings macht ja selbst die Stille eine Art Geräusch; man muss nur genau hinhören, in sie hineingehen, und wirklich – das ist schön – kann sie in dieser Stille spazieren gehen: Sie liegt im Bett, gleichzeitig bewegt sie sich ruhig und gemächlich im Innenraum des Hauses beziehungsweise ihrer Seele.

Ein bisschen unheimlich ist so ein nächtliches Seelenhaus natürlich schon. Es ist nicht besonders hell, sie kennt die ungefähre Anordnung der Räume, muss aber aufpassen, dass sie sich nicht den Kopf anschlägt.

Sie hat nicht gewusst, wie verwinkelt so eine Seele ist. Auch sind die Zimmer nicht wirkliche Zimmer, sondern pulsierende Kammern; auch richtige Treppen hat sie bislang nicht entdecken können und vielleicht nicht mal einen Boden. Kurz: Sie schwebt mehr, als dass sie geht, bleibt von Zeit zu Zeit stehen und betastet die Wände, die sich teils ledrig, teils glitschig anfühlen, aber zweifellos Wände sind, und wo Wände sind, muss es Decken und Böden geben, Türen, so wie es aussieht, nicht, oder doch, da drüben, da ist eindeutig eine Tür, denn Türen muss eine Seele ja haben, dazu Fenster, Öffnungen, die den Verkehr von Licht und Luft regulieren, und wirklich ist ja alles irgendwie vorhanden.

Ich bin zu Hause, sagt sie sich. Ich habe ein Haus, aber niemand weiß, dass es existiert und wo genau es liegt. Es kann niemand ungefragt herein, und das ist die beste Nachricht seit Langem: Sie weiß nun, wo sie jederzeit hinkann und immer schon hätte sein können, und genau dort wird sie sich von nun an aufhalten und nachdenken und dann entscheiden, wie lange sie sich die Mühsal des Lebens noch antut.

Die Überlegung hat sie beruhigt, sie könnte schlafen, aber war da nicht doch ein Geräusch? Jemand murmelt; oben bei Leonard. Oder eher im Keller? Dabei hat das Haus überhaupt keinen Keller.

Jedenfalls lauscht sie jetzt, mehr nach drinnen, wie man vermuten darf, wo immer sich dieses Drinnen befinden mag, irgendwo im vorderen Schädel, wie sie glaubt, so die Seelenkräfte nicht überhaupt Flüssigkeiten sind, die sich abwechselnd in diversen Ritzen, Gräben oder Lücken tummeln, was ja beides, streng genommen, nicht sein kann, denn gefühlt ist ihr Ich-Raum so groß wie ein Londoner Mietshaus.

Und dort sucht sie jetzt nach der Ursache dieses Geräuschs, hebt von Zeit zu Zeit den Kopf und horcht, ob es weiterhin da ist, und ja, es ist da, in wechselnder Lautstärke, aber da ist es auf jeden Fall.

Auf einmal weiß sie: Es ist der Vater, der es macht; drüben in der Bibliothek gibt er die Bücher aus, denn natürlich gibt es in ihrem Seelenhaus eine riesengroße Bibliothek, die – das ist allerdings seltsam – von einem künstlichen See umgeben ist, die Bibliothek ist also eine Insel, und auf dieser Insel steht der Vater und legt einem vor ihm knienden Mädchen in kurzen Abständen winzig kleine Bücher auf die Zunge.

Und dazu murmelt er, keine Ahnung, was genau, eine Art Formel, die zugleich ein Gebet ist, oder auch nicht.

ש

Sie ist nicht sonderlich überrascht, ihren Vater in ihrem Haus zu finden, obwohl sie ihm das gewiss nicht erlaubt hat. Augenscheinlich hat ihm das Mädchen Zutritt verschafft, und wirklich kann das dumme Menschenkind ja froh sein, dass der Vater gekommen ist und verschiedene Büchlein aus den Regalen zieht, weil es sich noch nicht selbst versorgen kann und voller Ergebenheit wartet, dass er sie aussucht und ihr bringt.

Natürlich liebt das Mädchen den Mann; nie wieder wird sie jemanden so lieben und verehren wie diesen

Mann, dessen Lohn, so scheint's, lediglich darin besteht, dass er dem Wesen über Kopf und Ärmchen streicht und dazu diese Formeln oder Gebete murmelt, wodurch sie auf die beiden überhaupt erst aufmerksam geworden ist.

Das also ist die Szene, die sie träumt oder so als Vorrat in sich hat, was nicht heißt, dass sie ihr nur gefällt, weil sie jede Sekunde weiß, dass ein Vater das eigentlich nicht darf: Büchlein auf herausgestreckte Zungen legen und Köpfchen und Ärmchen eines schutzbefohlenen Mädchens streicheln, das seine Tochter ist, also niemand anders als sie selbst.

Aber jetzt schläft sie bereits. Das Nachdenken hat ein Ende, Traum hin oder her, obwohl die Begegnung mit dem Vater mit Sicherheit ein Traum ist, von dem am Morgen nicht allzu viel übrig sein wird, beim Erwachen allenfalls ein Zipfelchen, bevor alles ratzfatz weg ist, ihr entfallen, nicht mehr da, wo es gewesen ist, und nein, keine Ahnung, wo es dann ist, wahrscheinlich in diesem See.

Im Halbschlaf sieht sie sich weiter in ihren Seelenräumen spazieren gehen.

Man müsste dringend mal aufräumen und putzen, das ist unübersehbar; so mancher Winkel scheint seit Urzeiten nicht mehr betreten worden zu sein, überall liegt fingerdick der Staub, wobei sie ein Gutteil der Gegenstände nie zuvor gesehen oder vergessen hat, gewisse Betten, Stühle, Tische usw., dazu ein halbes Dutzend Wiegen, altes und neues Spielzeug, ein Stapel Windeln, mein Gott – wer hat da bloß den ganzen Kinderkram in ihr abgestellt, muss das sein.

Aber immerhin, es sind keine störenden Besucher da. Sie ist auf angenehmste Art allein, obwohl sie ja gedacht hätte, dass sich jede Menge Gesindel in ihr aufhält, sich natürlich versteckt und auf üble Gelegenheiten wartet oder wie Leonard ausharrt, aber leider gibt es auch von diesem Leonard keine Spur, nur warum eigentlich leider – wollte sie nicht für sich sein?

Aber gut, ruft sie kurz nach Leonard.

Hallo, Leonard, mein süßer kleiner Folterknecht, wo steckst du bloß, versucht sie ihn zu rufen, wobei sie keine Sekunde bedenkt, dass er gleich das Frühstück bringen muss, aber diesen Leonard meint sie nicht, es ist der Leonard, der in ihr wohnt und als Jude immer nur denken kann, dass man um jeden Preis überleben muss und das natürlich auch für sie gilt.

Sie hat sein Judesein immer verabscheut, aber jetzt wäre es ihr doch recht, wenn er sie, sagen wir, auch zukünftig bewohnen würde, still und bescheiden in einem der hinteren Winkel, von wo sie ihn jederzeit herbeiholen könnte, aber sonst unbehelligt für sich wäre, um in der Nähe des Ausgangs Ausschau zu halten, ob da etwas im Anmarsch ist, das sie ein letztes Mal aus der Bahn wirft, Mann oder Frau, egal, jemand, der ihr noch einmal alles abverlangt, sie verletzt oder besser:

ruiniert, erst alles, was kaputt ist, aus ihr herausreißt und im Gegenzug – oh Wunder – etwas Neues, nicht Kaputtes in sie hineingibt, ein unerschrocken lebendiges Herz, wie sie sich unweigerlich wünscht, denn mit so einem Herz müsste der Rest doch halbwegs erträglich sein.

Es ist alles unerträglich.

Leonard hat gerade das Frühstück gebracht, ziemlich spät, was er dadurch ausgleicht, dass er früher geht, sich nicht hinsetzt, sondern nur ungefähr ihren Zustand prüft, zu dem sie nicht viel sagt. Sie sei ruhig, vom Schlaf nicht sonderlich erholt, aber bitte, vielleicht wird sie nachher ein paar Schritte gehen, anstatt sich im Schreibhaus vergeblich mit wer weiß was abzumühen.

Sie sagt das mit einem grimmigen Lächeln, womit sie ihm sozusagen die offizielle Erlaubnis gibt, sich zu entfernen, und zu ihrer Überraschung geschieht genau das, dabei ist sie heute schrecklich nervös; so zappelig, mal ehrlich, hat sie sich seit Tagen nicht gefühlt.

Sie muss sich unbedingt bewegen. Wohin ist relativ egal, Hauptsache bewegen, aber leider ist sie ja schon überall gewesen, am Fluss und in der Nähe des Flusses, drüben auf dem Kirchhof, in verschiedenen Teilen des Gartens, des Hauses, wo sie jeden Quadratzentimeter kennt, und wo soll sie also jetzt noch hin.

In ihrer Not rafft sie ihre Kleider zusammen und zieht

sich an, was sie gestern angehabt hat, Wäsche, Strümpfe, das Kleid, obwohl ein leichter Geruch von ihm ausgeht, was ihr aber egal ist, wobei sie kaum weiß, dass es ihr egal ist, und in diesem Zustand nimmt sie – welche Überraschung – die Treppe zu Leonards Zimmer.

Was sie dort will, könnte sie beim besten Willen nicht sagen. Sie ist bei nächtlichen Gewittern gelegentlich zu ihm geschlüpft und dort auch irgendwie geblieben, aber leider gewittert es nicht, und so weiß sie nicht, ob sie hineingehen soll, beginnt plötzlich zu weinen, und so als Weinende öffnet sie die Tür und wirft sich ohne weitere Umstände auf Leonards Bett.

Im ersten Moment scheint er nicht zu bemerken, dass sie gekommen ist, aber dann eilt er wie ein Sanitäter zu ihr, bestürmt sie angenehmerweise nicht mit Fragen, sondern verharrt auf dem Boden vor dem Bett, berührt ihr Haar, ihren Arm, aber so, als wüsste er, dass jetzt weiter nichts helfen kann, nur schlimmer kann es werden, und da ist sie schon froh, dass er es nicht schlimmer macht.

Sie fühlt sich wie kurz vor einem Nervenzusammenbruch. Ihr letzter liegt ja nun schon eine Weile zurück, und eigentlich erinnert sie sich kaum daran, aber so in etwa muss es gewesen sein, obwohl sie ja womöglich übertreibt, da sie doch nur ein bisschen weint und auf Leonards schönem Bett liegt, und genau das hat sie ja gewollt, eine Weile auf seinem Bett zu liegen und weinend in seiner Nähe zu sein, wenngleich das Weinen vorläufig kein Ende nimmt und es sie zwischendurch schüttelt und dann eine Weile nicht und dann von Neuem.

Wahrscheinlich ist kürzlich jemand gestorben, beginnt sie zu überlegen, weil anders kaum zu erklären ist, warum sie so viele Tränen vergießt. Ihre schöne, gute Mutter ist gestorben, ja richtig, ihre Mutter; sie liegt da drüben auf Leonards Sofa.

Es ist schon länger her, dass sie geatmet hat, aber eine schöne Person ist sie geblieben, und nun hat man die Kinder an ihr Lager geholt, damit sie tüchtig Tränen über sie vergießen, nur die böse Virginia vergießt keine einzige, weil sie erst dreizehn ist und über diese Tote nur lachen kann.

Ja, ja, meine Mutter, sagt sie, weil die Tränen eine Pause machen und Leonard etwas gefragt hat, aber ganz sicher ist sie nicht, deshalb sieht sie noch einmal zum Sofa, wo die Mutter liegt, und sieht, dass es nicht die Mutter ist, sondern sie selbst.

Sie weint tatsächlich über sich selbst.

Oder über Leonard, der sie eines Tages so liegen sehen wird, und oh ist das schön, sich so liegen zu sehen und ohne jede Scham zu beweinen, denn sie ist eine wunderschöne Tote, die von allen bereits schrecklich vermisst wird, weil sie so klug und schön ist und trotzdem tot auf diesem Bett liegt und kein Wort mehr sprechen kann und gewiss keine Zeile mehr schreiben.

Auch darüber muss und darf sie endlich mal weinen, da es ja sonst niemand tut, auch Leonard nicht, der sie weiterhin nur irgendwie betupft, während sie von einem Tränental ins nächste steigt und zweifellos sehr unglücklich ist, sich als Unglückliche aber jederzeit im Blick behält, als wären ihre Tränen eine Arbeit, die sie ja endlich mal erledigen muss.

Es folgt eine längere Phase, die weitgehend trocken und ereignislos ist. Leonard hält weiterhin ihre Hand, schwer zu sagen, wie lange schon; er hat sich mehrfach umgesetzt, einmal um sie herum, während sie gefühlt seit Stunden in dieser weltabgewandten Kauerstellung verbleibt, aber doch allmählich vernünftig wird und merkt, wie hungrig sie ist.

Wieder rechnet sie es ihm hoch an, dass er keine Fragen stellt, sondern sie so lässt, wie sie ist, als wäre es völlig normal, den halben Vormittag mit seiner weinenden Ehefrau zu verbringen, doch genau das ist sein Verständnis von Ehe – wenn es nötig ist, verbringt man einen Vormittag auf eben diese Weise.

Und jetzt iss, sagt er, später im Esszimmer, was ihr als Ton nicht schlecht gefällt, dass da jemand ist, der klipp und klar sagt, was sie zu tun hat, da sie selbst dazu nicht in der Lage ist oder sie beide so tun, als wäre sie es nicht, und insofern ist es ein weiterer hübscher ehelicher Moment, von beiden wunderbar knapp und einprägsam gespielt, wie sie nickt und ein, zwei mädchenhafte *Jas* haucht und so tut, als äße sie, aber eben nur so tut, da man auf Bühnen ja nicht isst.

Danke, mein Liebling, sagt sie, obwohl es sein kann, dass sie dies zu sagen bloß erwägt, da sie schon wieder ein klitzekleines Problem mit ihrer Zunge hat, die ihr weismacht, dass Louies Hühnchen nach totem Hund schmeckt, dabei hat sie keine Ahnung, wie toter Hund schmeckt, zum Glück hält sie sich gerade rechtzeitig davon ab, Leonard darüber zu befragen.

Man sollte ja überhaupt den anderen nicht mit Fragen belästigen, findet sie. Fragen sind wie Penisse; sie verlangen zu den unmöglichsten Zeiten Zutritt, und deshalb ist es doch gut, dass Leonard so gar nichts mehr fragt und nicht mal den Kopf über sie schüttelt, wozu er jedes Recht hätte.

Aber nein, er küsst ihr die Fingerspitzen, richtig mit den Lippen, die ansatzweise feucht sind und sie ein bisschen – sagen wir – erfrischen, vorne im Bereich der Nagelhäutchen, die sie sonst kaum zur Kenntnis nimmt.

Mit ihrer beider Händen haben sie es ja nun. Dauernd stellen sie neuerdings etwas mit ihren Händen, Fingern an, was noch einmal einen gewissen Raum eröffnet, eine beschränkte Möglichkeit, wenngleich es mehr ein Zitieren der Möglichkeit ist, also der reine Zweifel.

Man kann nicht sagen, dass sie auf seine Küsse vorbereitet ist oder sich etwas in der Richtung gewünscht hat, aber genau das ist das Angenehme: Er kümmert sich nicht darum, nimmt erst die eine Hand und später die andere, die ein wenig versteckt auf ihrem Schoß liegt, weshalb er sogar aufsteht und halb um den Tisch geht, um sie zu finden, und allzu schwer ist das ja nicht, im Gegenteil, man fragt sich, warum sie und er nicht früher darauf gekommen sind.

7

Sehr lange dauert der Zustand der Nähe leider nicht, dazu ist er zu störanfällig; es genügt eine winzige Bewegung, um ihn aufzuheben, ein Zucken der Hand oder eine unvermutete Drehung des Kopfes, und tatsächlich ist es Leonard, bei dem etwas zuckt oder sich im falschen Moment bewegt, und davon schrecken sie beide zusammen und geben die eingenommenen Stellungen auf.

Ihrer beider Hände sind jetzt wieder kilometerweit voneinander entfernt, wenngleich ein Rest ehelicher Frohsinn bleibt, denn nun begibt man sich gemeinsam in den Garten, neuerlich Hand in Hand und in dem ansatzweise geteilten Gefühl, dass so ein Garten etwas sehr Tröstliches und Besänftigendes ist, nicht nur ein Denkmal der Mühe und Kleinlichkeit, sondern ein Beweis, dass es einen Lohn gibt.

Und so gehen sie Hand in Hand auf ihrem Anwesen herum, genießen die Sonne, die sich kurz zeigt, aber nicht wärmt, und erinnern sich der vergangenen Dinge und Begebenheiten, wobei offenbleibt, ob es sich um einen vorgezogenen Abschied oder eine Beschwörung handelt oder beides.

Ich möchte in mein Haus, sagt sie irgendwann.

Eigentlich ist Teezeit, aber leider, der Tee muss heute

ausfallen, sie möchte allein sein und nachdenken, und es gibt auch nicht den geringsten Zweifel, dass sie das kann, und dafür und manches andere möchte sie ihm danken und verneigt sich richtig vor ihm, was ein weiterer Scherz von ihr ist, aber nicht nur das.

ש

Und tatsächlich kann sie jetzt noch einmal schreiben.

Aus reiner Gewohnheit hat sie das aktuelle Tagebuch aufgeschlagen, kurz darin geblättert und dann, ohne zu überlegen, losgeschrieben, fast, als wäre es ein x-beliebiges Mal, obwohl es ja sein kann, dass es das letzte Mal ist, was sie auch ansatzweise denkt und sich dennoch in aller Unschuld freut.

Mit dem Besuch bei Mrs. Chavasse vor Tagen fängt sie an, erwähnt ihre Pferdezähne und die kalten Augen, bevor sie sich an die Eröffnungsszene macht:

»Als wir hereinkamen, thronte sie auf einem 3eckigen Stuhl und hatte Strickzeug in der Hand. Ihr Kragen war mit einem Pfeil befestigt. Und schon in den ersten 5 Minuten erzählte sie uns, dass zwei ihrer Söhne im Krieg gefallen waren. Das musste man ihr hoch anrechnen. Sie gab Unterricht im Schneidern. Alles im Zimmer war rotbraun & glänzend. Ich saß da und versuchte, ein paar Komplimente zu formulieren. Doch sie gingen im Eismeer zwischen uns zugrunde. Und dann war nichts mehr.«

Sie hält kurz inne, als sie das hat. Der erste Bogen ist

gespannt, aber womöglich ist da ja noch mehr, selbst wenn es vorläufig nur Wettersachen sind:

»Heute ein seltsames Meeresküstengefühl in der Luft. Es erinnert mich an Pensionen auf der Promenade an Ostern. Alle lehnen sich gegen den Wind, starr vor Kälte & zum Schweigen gebracht. Das Mark entfernt.«

Die Passage ist entschieden kürzer als die erste, aber bitte, für ein paar weitere Kleinigkeiten wird es reichen:

»Diese windige Ecke. Und Nessa ist in Brighton, & ich stelle mir vor, wie es wäre, wenn wir Seelen einflößen könnten.«

Die Beobachtungen werden dünner und langweiliger, sie notiert ihre unausgegorene Idee, ein Buch über Octavias Jugend zu schreiben, dass zwei erfreuliche Briefe gekommen sind, und zum Abschluss, was sie sieht, wenn sie aus dem Fenster blickt, falls da etwas ist, und siehe, da ist der Apfel- und Gartenmann: »L. macht die Rhododendren ...«

Ein vages Gefühl der Zufriedenheit breitet sich in ihr aus, dem sie nicht traut, die Wahrheit ist, sie ist total erschöpft, hält aber weiter beharrlich den Füller in der Hand.

Woher sie bloß die Idee mit den Seelen hat, die man sich einflößen können müsste, aber nicht kann?

Sie hat das nur so hingeschrieben, weil einem dann die Mühsal des Sprechens erspart bliebe, man wüsste jederzeit, was der andere fühlt und denkt, und das wäre doch sehr praktisch und zugleich das Allerschrecklichste. Tatsächlich ist es schon schlimm genug, was Leonard alles über sie weiß, wenngleich es am Ende ja ein Nichts ist, aufgelesenes, zusammengereimtes Zeug, auf das er sich aus Bequemlichkeit verlässt, oben in seinem Zimmer, wo er alles brav notiert und keine Ahnung hat, was wirklich mit ihr ist.

Sie hat Leonard von diesem – na ja – anderen noch immer nichts erzählt, aber es gibt ja auch nicht viel, was sie erzählen könnte, außer dass es ihn gibt und man sozusagen auf sich wartet, sie eher als er, obwohl das weiß Gott verrückte Überlegungen und Vorstellungen sind, zum Beispiel, wie es sein wird, wenn all die lustigen Fischlein um sie herumschwimmen und sie anfassen und küssen, bevor sie nach unten in die Tiefe klettert und dort, bei ihm, auch bleibt.

Leonard würde sie sofort einweisen lassen, wenn er von diesen Verrücktheiten wüsste, er würde sie für viel weniger einweisen, doch das ist nur, weil er so wenig Phantasie hat und den Fluss für einen Fluss hält und das Unglück für eine Erscheinung des Wetters, weshalb sie ihm später, in der Küche, kaum antwortet, wenn er eine Frage stellt, wobei er ja nur wissen will, ob ihr die Reste von Louies Hühnchen schmecken.

Nein, nein, sagt sie, worauf er sie nur ansieht und dann flüstert, dass er heute sehr froh ist und sich – wie soll er sagen – sehr jung und verbunden fühlt.

Ach Liebster, sagt sie, weil sie das wirklich lange nicht gesagt hat und er verdient, dass sie es ab und zu sagt und auf eine rieselnde Weise sogar empfindet, als wäre da warmer, kitzeliger Sand auf ihrer Haut, den sie später gründlich wegspülen muss, und genau das wird sie tun, unten am Fluss, ja, ja.

Nachher gehe ich zum Fluss, sagt sie. Worauf Leonard erwidert, dass sie das gewiss nicht tun wird, schließlich ist es draußen fast dunkel, es ist kalt, außerdem haben sie beide kürzlich schlechte Erfahrungen mit dem Fluss gemacht, worauf sie ergeben nickt und sagt, na gut, dann eben morgen.

Aus der Küche hat ihr Leonard hinterhergerufen, dass sie schon mal eine Musik auflegen soll, während er die letzten Handgriffe erledigt, und wie es scheint, ist sie wieder halbwegs normal, weiß auch sofort, dass es der Beethoven sein muss, die späten Quartette, die sie beide lieben, denn heute ist der Tag, an dem sie alles teilen, sein Bett und ihre Tränen und den Garten und das Essen und zum Abschluss die Quartette.

Sie findet es ja schwer, sich beim Hören zu konzentrieren, sie schweift gerne ab, was sie sich insgeheim vorwirft und ebenso insgeheim gestattet, denn warum soll Musik einen nicht auf andere Gedanken bringen dürfen, das würde ja heißen, dass Musik nur existiert, wenn man sie hört, dabei ist sie bestimmt auch da, wenn kein Mensch sie hört.

Leonard ist aus der Küche zurück, und sie hat noch

immer nichts aufgelegt, aber was soll's, legt eben Leonard etwas auf, und siehe, er entscheidet sich für die späten Quartette, an die sie selbst schon gedacht hat.

Danke, sagt sie, weil sie auf diese Weise in Verbindung bleiben und jetzt gemeinsam hören, den langsamen Satz, den sie so gut wie auswendig kann, und tatsächlich beginnt sie, die komplizierten Phrasen und Bögen innerlich mitzusummen. Sie lächelt, während sie bis weit in den nächsten Satz nur summen kann, auch weil Leonard regelmäßig zu ihr hinsieht, so etwas wie erfreut, weil sie ausnahmsweise da ist, wie er glaubt; sie ist da, aber geht zugleich weg, denn das ist der Plan, oder sie geht nur für einige Tage oder Wochen und entscheidet unterwegs, ob und wann sie zurückkommt, auf dem Weg in ein anderes Land, das weit weg liegt, im Flugzeug nach Amerika, warum nicht, könnte sie ja machen, so es noch Flüge nach Amerika gibt, und wahrscheinlich muss man das ja hoffen.

Als die Musik zu Ende ist, kann sie nur seufzen. Sie hat minutenlang von Amerika geträumt, wohin sie vor Jahren beinahe geflogen wäre, wenn die angebotenen Honorare nicht so erbärmlich niedrig gewesen wären.

Schade, dass wir nie nach Amerika geflogen sind, sagt sie, wieder in diesem abschließenden Stil, während sie an die Flugzeuge in ihrem Roman denkt und inwiefern es gute und schlechte Flugzeuge gibt und das Fliegen selbst gut oder schlecht ist.

Sie hat noch nie ein Flugzeug bestiegen, meint aber zu wissen, wie es sich anfühlt, in einem zu sitzen und durch die Lüfte transportiert zu werden, denn ein ähnliches Gefühl hat sie manchmal, wenn sie schreibt, in interessanten Gesprächen, wenn etwas sie fortträgt, in ihren Träumen.

Kannst du fliegen in deinen Träumen?

Leider nein, sagt Leonard, leicht überrascht, als wäre die Frage neu, dabei meint sie sich zu erinnern, ihn in den ersten Wochen danach gefragt zu haben, aber natürlich kann einer wie Leonard nicht fliegen.

Sie erklärt ihm, wie es geht; allzu schwer ist es nämlich nicht, man läuft mit ausgebreiteten Armen los, und nach vier, fünf Metern hebt man einfach ab und klettert langsam nach oben.

Sie sagt ihm, wie erhebend das ist, alles unter sich zu haben, schön ordentlich die Landschaft, spielzeuggroße Siedlungen, die Wege, Wasser, ab und zu ein paar Tupfen Mensch, bevor man weiter steigt und schwenkt und sich nach Lust und Laune fallen lässt und neuerlich steigt.

Warte, sagt sie.

Sie läuft in ihr Zimmer und bringt eines ihrer Hefte.

Die Passage ist keine zwei Jahre alt, April 1939; sie findet sie nicht gleich, warte, ich les dir vor.

»Wenn ich Zeit hätte«, liest sie, »dann würde ich, wenn der Krieg nicht wäre – immer weiter nach oben schweben, in diese erregende Schicht, in der man so selten lebt: wo mein Geist so schnell arbeitet, dass es ist, als schliefe er; wie die Propeller eines Flugzeugs.«

Sie legt das Heft ab und sieht, dass er lächelt und nach kurzem Überlegen fragt: Welcher Krieg? Im April vor zwei Jahren war noch kein Krieg.

Und sie: Doch, doch, da war schon ein Krieg um die Zeit. Und schau, ich bin ein Flugzeug, *brrrm, brrrm.*

Erst sitzt sie, dann steht sie mit einem Ruck auf und beginnt, so als Flugzeug quer durchs Zimmer zu laufen bzw. zu fliegen, wobei sie ihn mehrfach auffordert, einzusteigen, bitte, alle Mann an Bord, wir fliegen nach Amerika, aber Leonard möchte nicht nach Amerika, er möchte, dass sie mit dem Unsinn auf der Stelle aufhört, sie ist ihm nämlich ganz unheimlich so.

Im Bruchteil einer Sekunde stellt sie sich um.

Bringst du mich ins Bett?

Denn jetzt muss sie so schnell wie möglich ins Bett.

Bitte, bitte, bettelt sie, als wäre er ihr Vater und sie gerade mal vier, und tatsächlich steht er ohne Widerspruch auf und begleitet sie in ihr Zimmer, bis ans Bett, wo er sie flüchtig auf die Stirn küsst, aber nicht bleibt; vielleicht hat sie ja gehofft, dass er bleibt.

ש

[DIENSTAG, 25. MÄRZ]

Irgendwie hat sie nicht aufgehört zu fliegen, so allein in ihrem Zimmer.

Leonard, das kann sie hören, ist auf dem Weg nach oben, es spricht also nichts dagegen, eine Weile die Landungen zu üben, mit den Landungen hat sie nämlich zu kämpfen; sie trifft die Punkte nicht genau, steuert etwas von oben an und trifft es schlecht, kreist zu lange oder verliert zu schnell an Höhe, was zu schmerzhaften Abstürzen führt. Aber gut, so schlimm sind sie wiederum nicht, man schlägt sich ein wenig den Kopf an, einmal, als sie eine weitgespannte Metallbrücke unterquert und merkt, wie die Kräfte sie verlassen.

Irgendwann ruht sie sich auf einem Brückengeländer an der Themse aus, von wo im Dämmerlicht ein paar hell erleuchtete Ausflugsdampfer zu sehen sind, darauf jede Menge Volk, das tanzt und sich amüsiert, die ersten Lichter in den Häusern am Ufer und in der Ferne Westminster und Big Ben, wobei ihr momentan nicht einfällt, um welche Brücke es sich handelt, aber egal, sie könnte jederzeit springen, und wirklich ist sie das ja schon, damals aus dem Fenster der Klinik in Twickenham, wobei sie sich in jeder Hinsicht verschätzt hat; es ist ihr rein gar nichts passiert.

Aber jetzt hat sie genug vom Fliegen. Sie bereitet sich zum Schlaf, schlägt die Bettdecke auf und legt sich hin, faltet ihre beiden Flügel, so das nicht bereits im Schlafzustand geschieht, was man bei ihr ja nie weiß: mal schläft, mal wacht sie mehr, auch jetzt, da sie überwiegend schläft und gleichzeitig riecht und schmeckt und sich träumend mit dem Rätsel beschäftigt, das sie sich über all die Jahre geblieben ist.

Wie sie da in ihrem Bett liegt, würde man nicht vermuten, dass sie nächstes Jahr sechzig wird. Das Gesicht ist eindeutig sechzig, aber ihre Bewegungen im Schlaf sind erstaunlich jung, das Lächeln, in dem der Geist der Zärtlichkeit wirkt, und in diesem Geist, sollte man meinen, müsste sie eigentlich überleben können.

₪

Ob sie träumt, ist schwer zu sagen. Sie ist, wie gesagt, keine große Träumerin, und dabei würde man ihr ja wünschen, dass sie noch eine Weile fliegt und ein paar leuchtende Orte und Begebenheiten ansteuert, die sie auf Reisen gesehen und geliebt hat, im Mai 1933 in Italien das Kloster Monte Oliveto Maggiore, in dessen sanft hügeliger Umgebung sie gerne begraben hätte sein wollen, oder in Athen die nächtliche Karfreitagsprozession mit all den fremden Gesängen und den Lichtern von den brennenden Kerzen, die sie und Leonard von ihrem Hotelbalkon mit dem Staunen der Ungläubigen beobachteten; an beiden Orten könnte sie ja sozusagen noch einmal vorbeischauen, weil sich doch gute Momente damit verbinden, etwas, das sie besitzt und das zu ihren inneren Reichtümern gehört, aber leider hat sie in ihrem derzeitigen Zustand nicht den geringsten Sinn dafür.

₪

Sie erwacht, von der Nacht leidlich erholt, in trotzig aufgeräumter Stimmung und versucht es noch einmal mit dem Lesen.

In Phasen großer Anspannung oder intensiver Arbeit hat sie nie gern und viel gelesen, allenfalls etwas, das ihr sehr fern war, oder eigene Arbeiten von früher, und genau das macht sie jetzt: Sie schnappt sich zwei, drei Romane, die hinter ihr im Regal stehen, und liest – na bitte – Virginia Woolf.

Natürlich findet sie es peinlich, sich selbst zu lesen, aber nicht allzu sehr, wobei sie gar nicht richtig liest, sondern nur hie und da schnuppert, den stakkatoartigen Mittelteil vom *Leuchtturm*, den sie weiterhin sehr gelungen findet, eine Passage aus *Flush* sowie die Eislaufszene in *Orlando*, die sie fast rührt, weil sie in jeder Wendung ihre damaligen Gefühle für Vita wiedererkennt, das hüpfende Glück beim Schreiben und wie Schreiben und Leben vorübergehend eins geworden waren.

Leonard runzelt die Stirn, als er die Bücher auf ihrer Bettdecke ausgebreitet sieht. Er findet es eitel, seine eigenen Bücher zu lesen und sich selbst Beifall zu klatschen, was ja ihre Beschäftigung gewesen ist. Dabei sagt er mit keinem Wort, dass es eitel ist, und hat wahrscheinlich nicht mal die Stirn gerunzelt, tatsächlich ist er überaus freundlich, fragt nach ihrer Nacht, misst die Temperatur, als wäre er ihr Arzt, was er in gewissem Sinne ist.

Mein Liebling, sagt er, als wolle er an den Ton von gestern anknüpfen, und siehe, es scheint beinahe mühelos zu gelingen. Sie fassen sich ohne Scheu an, laufen nicht sofort auseinander, sondern geben dem Morgen den Anstrich, als wären sie tatsächlich noch einmal auf Reisen, wo man bekanntlich für manches Zeit hat und ohne Bedenken in die Betten krümelt oder über das Wetter plaudert, weil ja sonst rein gar nichts getan werden muss.

Eine Weile ist das so.

Wenn er fragt, wie es ihr geht, kann sie sagen: gut, als wäre diese halbe Bettstunde eine Insel, an der man mal eben anlegt und später wieder ablegen und wegsegeln kann, aber eben nicht gleich.

Bitte bleib, sagt sie, wieder im Ton der Tochter, und tatsächlich streicht er ihr ein paarmal über den Kopf, beugt sich zu ihr herab und ist ihr Vater, mit allen Insignien der Geduld und Fürsorge, die die Quellen seiner Macht sind.

Am liebsten würde sie den ganzen Tag so im Bett verbringen, und kaum hat sie es ausgesprochen, ist es beschlossen: Sie bleibt heute den ganzen Tag im Bett.

Leonard muss oben an seinem Schreibtisch etwas erledigen, will aber bald zu ihr zurück, man merkt, dass ihm die Bettidee nicht gefällt, schließlich ist sie nicht krank, worauf sie ruhig erwidert, dass sie gewiss sehr krank sei, ob er das vergessen habe, ich bin nur meine Krankheit, und was nicht krank an mir ist, bin nicht ich.

Für den Moment findet sie es wunderbar, eine Kranke zu sein oder vor Leonard so zu tun, jemand, der hohes Fieber hat und sich um gar nichts kümmern kann.

Dabei liegt sie doch recht vergnügt im Bett mit ihren Romanen und wundert sich, dass sie allesamt fertig geworden sind und von Vanessa all die schönen Umschläge bekommen haben, obwohl sie sich vage an lange Wochen und Monate erinnert, in denen sie bestenfalls Stückwerk waren, oder besser: sich kaum erinnert, aber weiß, dass es so gewesen ist.

An dieser Stelle könnte sie innerlich einen Bogen zu ihrem neuesten Buch schlagen, das ja angeblich misslungen ist und demnach nie auf ihrer Bettdecke liegen wird, weil es für alle Zeiten Stückwerk bleiben wird. Denn davon ist sie weiterhin überzeugt: Es ist ein völlig missratenes Kind; nie wird sie sich zu ihm bekennen. Es quält, es peinigt sie, während es als innere Gestalt mit rasender Geschwindigkeit verblasst und verschwindet, in weiten Teilen weiß sie schon gar nicht mehr, worüber sie geschrieben hat, außer über diese nicht enden wollende Theatervorstellung mit wichtigen Stationen aus der englischen Geschichte bei erst Sonne und später Regen – mit der sie was genau noch gleich sagen wollte?

Sie weiß es nicht mehr. Vielleicht weiß sie es noch, aber um dieses Wissen hervorzuholen, müsste sie sich tüchtig anstrengen, und dazu fehlt ihr heute die Kraft. Sie bräuchte dringend eine kleine Aufmunterung, am besten in Form eines Briefes, und tatsächlich bringt ihr Leonard irgendwann zwei Briefe, einen von John Lehmann, den sie nicht öffnen wird, und einen zweiten von Morgan.

Leonard macht viel Wind um diese Briefe, legt sie mit bedeutungsvoller Miene auf die Decke, als würde er sich wer weiß was von ihnen erhoffen, die Ankündigung eines Preises, einer Übersetzung oder was sonst er zu ihrer Aufmunterung bestellt hat, denn das traut sie ihm zu, dass er bei anderen Leuten Aufmunterungspost bestellt und am Telefon die passenden Sätze diktiert.

Mit lauerndem Misstrauen öffnet sie den Brief von Morgan, aber nein, wie bestellt hört er sich nicht an, eher wie ein Nachtrag, er schreibt über *Jacobs Zimmer,* das er kürzlich wieder gelesen hat und in den höchsten Tönen lobt; sie lebten in großen Zeiten, denen man gerecht zu werden versuche, und da sei ihr Roman ein Maßstab.

Kurz ist sie stolz und erfreut. Sie wird etwas hinterlassen, das man gebrauchen kann, eine Weile zumindest, da man ja nicht weiß, welche Zeiten noch kommen werden, und da können ganz andere Bücher als ihre die wichtigen sein, aber immerhin.

Bleibt der Brief des Verlegers, den sie weiterhin nicht lesen will, auch als sich Leonard später erkundigt, was drinsteht, warum sollte sie.

Ich fürchte mich davor.

Aber warum? Er hat immer eine hohe Meinung von dir gehabt.

Und darauf sie: Das Buch ist schlecht, er versteht nichts davon.

Na gut, lies vor, sagt sie, weil es ja doch geschehen muss.

Den Brief von John?

Ja, ja, den.

Sie interessiert sich nicht im Geringsten für das, was der Verleger geschrieben hat, stattdessen – wie soll man sagen – schaut sie sich in aller Ruhe ihren Mann an, wie er den Brief öffnet und entfaltet und zu lesen beginnt, mit der Stimme ihres Lebens, die sie in allen Schattierungen kennt und doch in diesem Moment erstmals zu hören glaubt, ihre innere Staffelung, ihre Farbigkeit, obwohl viel kummervolles Grau darin ist, der alte Schmerz, der von seiner Familie herrührt und ihrer Weigerung, ihn zu erhören.

Das also ist ihr Mann.

Er atmet, er denkt Gedanken, von denen sie allenfalls Bruchteile kennt, aber er ist ihr Mann; er ist alt, mein Gott, wie alt er geworden ist, und gleichzeitig ist er wie früher; so wie er sich ihr zuwendet, ist er noch immer der Leonard ihres Anfangs mit ihm.

Erinnerst du dich, wie verzweifelt ich war, als ich dich vom Bahnhof abholen wollte und du einfach nicht gekommen bist?

Er sieht sie erstaunt an, nicht, weil er sich nicht erinnert, sondern weil er ihr gerade vorgelesen hat, wie begeistert John Lehmann von ihrem Roman ist, aber offenbar hat sie überhaupt nicht zugehört.

Ja, ja, der dumme Brief, ist alles, was sie sagt, obwohl sie genau weiß, dass das kein dummer Brief ist, im Gegenteil, der Brief ist ihre Rettung, sie muss nur glauben, was Leonard vorgelesen hat, schon ist sie auf der Stelle gerettet.

Hast du nicht gehört?

Ja, doch, gehört hat sie das eine oder andere, so schön und gut wie ihr Mann gelesen hat, ist das unvermeidlich, was sie auf den Gedanken bringt, dass sie Leonard ja mitnehmen könnte, wenn der Zeitpunkt gekommen ist. Er ist ein bisschen zu groß, das ist wahr, man müsste ihn schrumpfen, eine Puppe aus ihm machen, ein Männchen aus Holz, das wie Leonard aussähe, aber eben so klein, dass sie es sogar begehren und auf jeden Fall mitnehmen könnte, es in die Manteltasche stecken und im letzten Moment herausziehen und dem anderen sagen, dass das ihr Mann ist, schau, so in etwa sieht er aus, er selbst hat, weil er so groß ist, leider nicht mitkommen können.

ש

Leonard findet, dass es an der Zeit ist, dass sie isst. Sie ist komplett in sich versunken gewesen, aber jetzt, da er sie erinnert, verspürt sie ein leichtes Hungergefühl.

Wieder müht sie sich ewig damit ab, aus dem Bett zu klettern, schlüpft in das Kleid von gestern und putzt sich oben im Bad die Zähne, um anschließend lange in seinem Zimmer am Schreibtisch zu stehen und sich zu fragen, was er dort all die Stunden, Tage, Wochen macht.

Leonard muss sie mehrfach rufen, bis sie sich endlich in die Küche begibt und sich setzt und sagt, dass sie so gerne mal wieder am Piccadilly Circus stünde, denn plötzlich hat sie Sehnsucht nach städtischem Asphalt und Verkehr, Bussen, Kutschen, Automobilen, den regennassen Gehsteigen und Silhouetten der Brücken, wenn man am Ufer der Themse zu einem der Theater, Kinos geht oder einfach nur geht und sich der lärmenden Fülle überlässt.

Leonard hält das unter den gegebenen Umständen für keine praktikable Idee, aber ja, wenn sie wieder gesund ist, geht er mit ihr zum Piccadilly Circus.

Wenn die Deutschen uns lassen.

Das kann man nur hoffen, sagt er.

Wenn die Züge fahren.

Irgendwann werden sie fahren wie vor dem Krieg.

Ach, du, mein armer, guter Mann, sagt sie. Ich habe ja nie begriffen, warum du so unbedingt ein guter Mensch sein willst.

Ich mache meine Arbeit, antwortet er. Du machst deine. Wir alle. Etwas anderes haben wir nun mal nicht.

Und dann essen sie. Louies Kochkünste sind nicht immer berauschend, heute ist Kartoffelsuppe mit Brot im Angebot, wobei man sich fragt, wann sich Louie um solche Dinge kümmert.

Wenn wir nur einen Hund hätten, sagt sie.

Jetzt, im Krieg, einen Hund?

Ja, sagt sie mit einem Anflug von Trotz, obwohl sie sich doch vorgenommen hat, nur noch lieb und nett zu ihm zu sein und ihm das eine oder andere nachzutragen, in kleinen Häppchen die Liebe, ihre Treue, na ja, ihre Bewunderung – alles, was sie in der Eile hervorholen und überreichen kann, selbst wenn es nur ein paar Krümel sind.

Leonard mag Krümel. Auch heute pickt er wie ein hungriges Hühnchen alle bis auf den letzten auf, prüft mit den Fingerspitzen, was genau er da hat, und steckt es sich anschließend in den Mund.

Was sie leistet, entgeht ihm völlig: Welche Anstrengung es bedeutet, ihm quasi in letzter Minute entgegenzukommen, sich um ihn zu *kümmern,* wie er sich um sie gekümmert hat, ohne viel dafür zu verlangen. Was für Kapriolen ihr auch immer einfielen – er hat sie hingenommen. Sie konnte Vita lieben und wieder aufhören, Vita zu lieben, sie konnte sich zwischen ihren Schenkeln tummeln und dann kalt vor ihn hintreten und sagen, dass sie nicht seine Schuldnerin sei.

Ich kann nur hoffen, dass du eines Tages nicht böse bist auf mich, sagt sie.

Und er: Warum sollte ich?

Und wieder sie: Manchmal weiß man erst später, dass man böse auf jemanden ist.

ש

Er hat ihr zu verstehen gegeben, dass er sie zu diesem Leben nicht zwingt und sie jederzeit gehen kann.

Die Szene ist erst ein, zwei Tage her, hier, im kleinen Wohnzimmer, wo sie inzwischen bei der Zeitung sitzen, hat er sein Einverständnis gegeben, jedenfalls hat sie ihn so verstanden.

Sie würde gerne den genauen Wortlaut vor sich haben, nachlesen können, wie genau er es formuliert hat, aber es gibt nichts, das sie nachlesen könnte, ihr Gedächtnis ist kein Buch, es ist voller Lücken und dunkler Stellen, oder sie hat die entscheidenden Sätze falsch abgelegt und kann sie nun nicht mehr finden.

Mit der Zeitung beschäftigt sich natürlich nur Leonard, während sie allenfalls raschelnde Geräusche macht und an den toten Roger denkt und was für ein Fehler es gewesen ist, seine Biografie zu schreiben, was ihr nur einfällt, weil sie sich fragt, wer eines Tages ein Buch über Leonard schreiben wird.

Die Biografie ist ein kompletter Misserfolg gewesen, wofür größtenteils sie die Verantwortung zu tragen hat; sie hat nicht den richtigen Ton getroffen oder den Schlüssel nicht gefunden, zu viel oder zu wenig gelogen, schwer zu sagen.

Würde sie über Leonard lügen oder eher die Wahrheit sagen? Und welche Wahrheit, bitte, wäre das?

Sie würde über seine Hände schreiben, was er mit seinen Händen gemacht hat, um sich anschließend der Beschreibung seiner Mundwinkel zu widmen, seinem Schweigen, seiner Bitterkeit. Seine Augen würden vorkommen, ihre Lichter, Farben, die blinden Stellen. Würde sie über Leonard ein Buch schreiben, würde sie ihn in seine Bestandteile zerlegen und Stück für Stück neu zusammensetzen, als wäre sie es, die ihn gemacht hat, und genauso wäre es dann ja auch.

Sie selbst möchte nach ihrem Tod in Büchern ungern zerlegt werden. Es hat schon erste Versuche gegeben, die sie größtenteils ignoriert hat, aber verhindern lassen sie sich leider eben nicht, obwohl es gewiss besser wäre, es würde überhaupt niemand Bücher über einen anderen schreiben und die Dinge lassen, wie sie gewesen sind, tief unten, auf dem Grund irgendwelcher Gewässer, wo man in Frieden für sich sein kann, ganz gleich, ob da jemand auf einen wartet oder nicht.

Leonard hat die Zeitung weggelegt und sieht sie fragend an. Er hat gelesen, dass die Deutschen in der Wüste einen Angriff gestartet haben, so wie es aussieht erfolgreich, und jetzt sind sie da also schon in den allerfernsten Wüsten, wobei man sich fragt, was sie dort zu suchen haben.

In Libyen, sagt Leonard. Kennen wir jemanden, der schon in Libyen war?

In der Wüste, ja, in dieser schrecklichen Hitze.

Sie persönlich findet Wüsten nicht sonderlich interessant, aber Moment, wenn man erst mal darüber nachdenkt, warum nicht; es gibt interessante Tiere in der Wüste, diese herrlich stolzen Geiervögel, die über den armen Verdurstenden kreisen, und das wäre ja beinahe wieder interessant, so als Verdurstender zu warten, bis sie sich auf einen stürzen und einem bei gerade noch lebendigem Leib das müde, alte Herz herausreißen.

Ich habe ein müdes Herz, sagt sie.

Da-dumm, da-dumm, macht ihr Herz, nur dass es damit nie aufhört und immer weiterschlägt, tapfer und gleichgültig, wie Herzen nun mal sind, wenn sie nicht traurig sind, und das ist bei ihr bekanntlich der Fall.

Sag mir, wie es sein wird, wenn wieder Frieden ist.

Darüber muss er nachdenken. Also, erfreulich wird es auf keinen Fall, nach Kriegen muss man viel aufräumen, außerdem geht er in den Köpfen noch eine Weile weiter, man ist damit beschäftigt, die Toten zu zählen, räumt auch ansatzweise auf, obwohl man viel zu müde dafür ist; alle sind so müde.

Und dann?

Ja, dann, sagt er, wird es allmählich besser. Das Lächeln kehrt zurück, man schmiedet wieder Pläne oder macht in aller Seelenruhe weiter, wo man vor dem Krieg aufgehört hat, Arbeit gibt es schließlich genug; man kommt ein paar Jahre kaum zum Atmen, so viel Arbeit gibt es, bis man sich eines Tages sagt, dass es nun genug ist, und in bester Laune das nächste Flugzeug besteigt, das nach Amerika oder Ceylon fliegt, denn irgendwann möchte er ja noch einmal nach Ceylon, er fragt sie dann auch bei Gelegenheit, ob sie mitwill.

Ja, das frag mich.

Sie mag sehr, was er von der Zukunft sagt, die hoffnungsvolle Ruhe in seiner Stimme, der sie stundenlang zuhören könnte, völlig egal, was sie ihr sagt oder verschweigt, sie möchte immer bei dieser Stimme sein, sie Leonard wegnehmen und verstecken und dann mitnehmen, damit sie etwas von ihm hat, das eine Weile bleibt, aber wahrscheinlich bleibt ja nichts.

8

Offenbar ist sie kurz eingenickt und in eine Art Traum geraten, und dort im Traum hat sie sich mit einem bunt gefiederten Vogel aus der Gegend unterhalten, selbstverständlich auf Griechisch, eine ganze Weile lang.

Über was genau, könnte sie kaum sagen, aber sie kann sehen, wie er mitten im Wohnzimmer auf dem Boden sitzt und sich nicht im Geringsten fürchtet, sondern hüpfend etwas über ihr Haar sagt, Augen, Nase, Mund, ja, doch, den Schwung ihrer Hüften, wenn sie durchs Zimmer geht, mein Gott, dabei kann das kleine Wesen das doch bestimmt nicht wissen, da sie seit Ewigkeiten reglos in ihrem Sessel sitzt.

Ach, schade, sagt sie, eben in dem Moment, als das Vöglein davonfliegt und sie wach wird, aber noch nicht weiß, dass da kein Vöglein gewesen ist.

So ein hübscher kleiner Kerl, sagt sie. Er hat die ganze Zeit auf dem Boden gesessen.

Leonard legt seine Zeitung weg und sagt nur so mit einem Blick: Ein Vogel? Du musst geträumt haben, da war kein Vogel.

Aber sie beharrt darauf.

Sein Griechisch war ziemlich ungelenk, deshalb habe ich ihn leider nicht gut verstanden, sagt sie.

Hat Leonard vergessen, dass die Vögel Griechisch mit ihr sprechen? Und was, bitte, ist eigentlich so schlimm daran? Das Vöglein hat nichts Böses getan oder schreckliche Befehle gegeben, im Grunde hat man sich lediglich ein wenig kennengelernt.

Irgendwann ist Leonard aufgestanden und hat den Tee gebracht, denn, ach du lieber Himmel, es ist schon wieder Teezeit, und so eine Tasse dampfender Tee ist doch regelmäßig eine Wohltat, wenngleich er heute komisch riecht, nach dem Vöglein von vorhin riecht er, oh weh, offenbar hat Leonard es in der Küche umgebracht und anschließend in den Tee getan, was ihm doch gar nicht zuzutrauen ist.

Zum Briefeschreiben hat sie heute keine Lust, denn auf die Teezeit folgt üblicherweise die Briefzeit und später das Abendessen, das schnell und schemenhaft an ihr vorüberzieht, im Grunde bemerkt sie nur gelegentlich einen besorgten Blick von Leonard.

Sie gesteht sich ein, dass sie keine Kraft mehr hat, ihn zu lieben, was heißt, dass ihr keine Lügen mehr einfallen, denn ihn lieben heißt ihn belügen.

Sie überlegt, was sie für ihn noch tun könnte, für sie beide als Paar, aber es fällt ihr wenig ein; wie sie bei ihm geweint hat, fällt ihr ein, und tatsächlich möchte sie am liebsten in sein Zimmer, kurz nach oben gehen und nur so dort sein.

Darum bittet sie.

Er geht voran und zeigt ihr den Weg, den sie meistens in sehr ängstlichem Zustand gegangen ist, aber heute nur eben so geht, *schlapp-schlapp,* in ihren alten Pantoffeln.

Ja, hier, sagt sie sich, als sie in der Tür steht und schon wieder zögert, hineinzugehen, aber dann doch hineingeht, die Kante seines Schreibtischs berührt und den durchdringenden Leonard-Geruch aufnimmt, der alles zu seinem macht.

Sie hat mit keiner Silbe gesagt, was sie bei ihm will, und antwortet auch auf seine diesbezüglichen Fragen nicht; man könnte annehmen, dass sie sich verlaufen hat, so neugierig-ratlos wie sie alles unter die Lupe nimmt, nacheinander seine Bücher, die Bilder und Fotos an den Wänden und zuletzt noch einmal seinen Schreibtisch, der für Leonards Verhältnisse ziemlich unaufgeräumt ist. Offenbar sitzt er an einem Brief, der noch nicht zu Ende geschrieben ist und mitten im letzten Wort abbricht, als hätte ihn jemand gestört, und natürlich kann nur sie es gewesen sein, die ihn gestört hat, so wie sie ihn schon seit Langem stört und immer weiter stören wird.

Ich störe dich.

Nein, nein, sagt er, ich freue mich. Aber man merkt, dass er es nur so sagt und sich längst vorstellt, wie es ist, wenn sie endlich aus dem Zimmer ist und er zurück an seinen Schreibtisch kann, was sie in keiner Weise kränkt, sondern im Gegenteil beruhigt, denn es ist der Beweis, dass er sie nicht braucht und ohne sie gut weiterleben kann.

Das zu begreifen, ist sie gekommen.

Es ist eine große Erleichterung für sie, dass sie das begreift, und deshalb beginnt sie, sich neuerlich bei ihm zu bedanken, etwas summarisch für alles, was gewesen ist, hier, in diesem Zimmer, im Haus und früher in London, auf ihren Reisen. Und es ist doch eine ganze Menge, richtig viel, wenn man sich's überlegt, auch wenn sie den Großteil längst vergessen hat, aber richtig viel ist es auf jeden Fall oder auf jeden Fall gewesen.

Nichts davon hat sie ausgesprochen. Sie lehnt an seinem Schreibtisch und sagt es, ohne ein Wort zu sagen, so mit einem Lächeln, als wisse er von selbst, was ihr durch den Kopf geht.

Ein spätes Flugzeug über den Downs ist zu hören, ob Feind oder Freund, kann man nicht wissen, aber es ist auch gar nicht wichtig.

Von einer Sekunde auf die andere wendet sie sich zum Gehen.

Du gehst?

Brrrm, brrrm, macht sie und nickt, bietet ihm die Wange zum Kuss und ist weg.

Sie kann sich kaum fortbewegen, so müde ist sie jetzt. Sie bewegt sich wie eine alte Frau, sie schlurft, hebt Füße und Beine nicht ordentlich hoch, deshalb dauert es, bis sie in ihrem Zimmer ist, das sich leider in einem erbärmlichen Zustand befindet; Louie hat das Bett nicht gut gemacht, sie hat vergessen, die Decke zurückzuschlagen, auch die Bücher liegen noch herum.

Es handelt sich lediglich um eine Handvoll Bücher, trotzdem braucht sie eine Ewigkeit, sie zurück ins Regal zu stellen, schaut sie kurz an, wie alte Bekannte oder Freunde, die in Kürze auf Reisen gehen, obwohl ja sie es ist, die auf Reisen gehen wird, was sie auf den Gedanken bringt, dass sie ja *wirklich* verreisen könnte. Einfach genug wäre es ja: Man verlässt nach Sonnenaufgang das Haus und nimmt in Lewes den Frühzug nach London und weiter ein Taxi zum Flughafen, wo man, *brrrm, brrrm,* in eines dieser Propellerflugzeuge stiege, und weg wäre man.

Es ist noch nicht sehr spät, ungefähr neun, trotzdem will sie jetzt auf der Stelle schlafen, doch dazu bedarf es der üblichen Vorbereitungen: Man muss Tabletten nehmen und sich ein geeignetes Thema für die Einschlafphase überlegen, etwas finden, das neu und nicht allzu beunruhigend ist, einen Satz oder den Anfang einer Szene, falls man gerade am Schreiben ist, aber das ist bei ihr nicht der Fall.

Auf einmal fragt sie sich, warum.

Sie hat sich die Decke über den Kopf gezogen, und auf einmal sind da diese Fragen, die sie sich merkwürdigerweise nie gestellt hat: Wovor sie sich eigentlich bloß fürchtet, wo genau ihre Kraft geblieben ist, warum sie so schlecht über ihr Leben denkt, und wie das eine mit dem anderen zusammenhängt.

Sie erstellt eine Art Liste und geht die Gefühle nacheinander durch, denn womöglich gehen sie ja weg, wenn man sie beim Namen nennt: ihre Angst vor falschen Sätzen, dass die Leute sie nicht genügend bewundern, ihre Angst vor schlechten Kritiken, vor Sex, vor dem Körper im Allgemeinen (den von Vita ausgenommen), dass sie sich nicht kleiden kann, nicht gerne isst, dazu ihre Gewitterangst, ihre Krankheitsangst und wer weiß was noch.

Das alles zählt sie sich geduldig auf, versucht, eine Rangliste zu erstellen, weshalb sie mehrfach von vorne anfangen muss und endlich zu dem Schluss kommt, dass man sich nur vor Gewittern fürchten muss. Bei allem anderen hat man es irgendwie in der Hand, aber mach mal was, wenn der Blitz ins Hausdach einschlägt, oder draußen in den Downs, wenn du in Sekundenschnelle zu einem Häuflein Asche zerfällst und nicht mal Zeit hast zu denken: Oh, ein Blitz.

Mit diesen doch halbwegs vernünftigen Überlegungen schläft sie ein, nur dass sie nach zwei Stunden wieder erwacht und ein einziges Nervenbündel ist, das am ganzen Körper zittert, richtig mit allen Muskeln und an allen Stellen gleichzeitig.

Sie versucht sich zu sagen, dass sie nur kurz aufgewacht ist, das Zittern wird bald weg sein, schlaf weiter, sagt sie sich, aber der Schlaf kommt nicht zurück, es ist das übliche Drama, so langweilig sie es inzwischen selbst findet.

Sie könnte einfach aufstehen, sich in der Küche einen Tee machen und es akzeptieren, innerlich auf und ab gehen und an ihrem Tee nippen, nicht unbedingt lesen, obwohl auch Lesen eine Form des Akzeptierens wäre, aber stattdessen – na ja – wälzt sie sich pathetisch von einer auf die andere Seite, verflucht und fürchtet sich, was natürlich die Geister und Gespenster auf den Plan ruft, die schreckliche Sachen mit ihr machen oder androhen, sie zu machen, obwohl sie bettelt und bettelt, sie um Himmels willen zu lassen, was die kleinen Teufel natürlich nur ermuntert.

ש

[MITTWOCH, 26. MÄRZ]

Sie muss um Hilfe gerufen haben, denn plötzlich hört sie Schritte vor der Tür, die auch gleich aufgeht, und wie kann das sein, es ist Vita, die in der Tür steht und fragt, ob sie zu ihr darf.

Du hast gerufen, hier bin ich, sagt sie, und obwohl es ja nicht möglich ist, handelt es sich ohne Zweifel um Vita, etwas verjüngt, die Vita mit Anfang vierzig, wie sie glaubt, obwohl das Alter ja keine Rolle spielt.

Was machst du hier, fragt sie vom Bett aus und findet Vita sehr schüchtern. Sie hat einen ihrer fulminanten Hüte auf, rot mit schwarz-braunen Federn, dazu ein eidechsengrünes Kleid, das sie noch nie an ihr gesehen hat. Vita traut sich noch immer nicht richtig zu ihr hin, aber endlich doch, man muss sie nur ein wenig locken, und dann kommt sie schon und setzt sich, wie vor Stunden Leonard, auf die Bettkante, legt ihren Hut ab und ist bei ihr im Zimmer.

Es ist eine große Freude, dass Vita sich auf den Weg gemacht hat, obwohl sie mit jeder Bewegung einen austernhaften Geruch verströmt, was doch einigermaßen störend ist, wer weiß, bei wem sie gerade gewesen ist, aber sie ist da und scheint so schnell nicht wieder wegzuwollen.

Willst du dich nicht zu mir legen?

Fast bereut sie diese kleine Frechheit, weil man Vita solche Vorschläge eigentlich nicht machen darf, aber die ist erstaunlich brav und legt sich nur eben auf der Bettdecke ausgestreckt neben sie hin, ach Vita, Liebste meine, ach Vita.

Sie hat sich die Haare schneiden und die Ohren stechen lassen wegen dieses Wesens, das halb Frau, halb Mann ist, sie hat geschrien und geweint und mindestens hundert Mal geflucht und weitere Hunderte Mal gebettelt und geflüstert, in verschiedenen Betten, auf ihrer Frankreichreise, die der Höhe- und Wendepunkt zwischen ihnen gewesen ist, weshalb ihr anschließend nur der Rückweg zu Leonard blieb.

Sie würde gerne fragen, was Vita von alldem behalten hat, den Fischkauf in Sevenoaks, mit dem ja alles angefangen hat, alles nach Vitas Plan, denn natürlich hatte sie einen Plan, zum Abendessen Fisch und dann zur Nachspeise ein Stück zitternde, glückliche Virginia.

Ja, weißt du noch? Bitte, sag Ja, bitte sag etwas, aber Vita liegt nur da und nickt.

Ich bin froh, dass unsere Liebe sich so gut gehalten hat, sagt Vita irgendwann, und diesen Satz hat sie eindeutig gestohlen, und das darf man doch nicht: dem anderen Sätze stehlen und heimlich seine Tagebücher lesen, und das bekommt Vita jetzt auch zu hören, den Satz hast du aus meinem Tagebuch, es ist noch nicht allzu lange her, dass ich ihn geschrieben habe.

Wenn sie ehrlich ist, ist sie verärgert, ehe sie sich sagt, dass Vita den weiten Weg von Sissinghurst gekommen ist, und es ist so eine Freude, dass sie gekommen ist.

Bitte geh nicht weg, sagt sie und richtet sich auf, um zu sehen, welches Gesicht Vita gerade macht, und wirklich lächelt sie, ein wenig eisern, als wäre es eine Arbeit, bei dieser Verrückten zu sein und nicht zu wissen, ob es da noch zu etwas kommt.

Was sie Vita jetzt sagen muss, ist kompliziert. Sie weiß nicht, wie sie anfangen soll, obwohl es am Ende nur ein paar wenige Sätze sind, dass sie seit Tagen unterwegs und schon relativ weit ist, und das Unterwegssein ist ihr Sterben, denn ja, meine liebe Vita, ich bin dabei zu sterben.

Das alles sagt sie ihr, nach und nach in dem alten Flüsterton, der ja nur sagt, dass die Liebe nicht vergangen ist, selbst wenn du alt und hässlich wirst, denn von solcher Art ist meine Liebe nie gewesen.

Ich sterbe seit Jahren, sagt sie.

Und: Nein, nein, dabei sein kannst du leider nicht. Oder würdest du das wollen?

In schnell vorüberziehenden Bildern kann sie sehen, wie Vita ihr beim Sterben zusieht, hier, im Bett, wie sie ihr den Puls fühlt und sehr bleich wird, ihr über die Stirn streicht, aber nicht weint, allenfalls ein bisschen. Auch Leonard weint nicht, das ist keine Überraschung; die Schwester weint, denn auch die Schwester ist in letzter Minute aufgetaucht, sie hat sie alle drei gut im Blick, wie sie mit bekümmerten Mienen an ihrem Bett stehen, was ja heißt, dass sie weiterhin am Leben ist, tot und zugleich am Leben.

Ach herrje, sagt Vita.

Ziemlich spöttisch sagt sie das, mit einem Hauch Bedauern und als sei es nicht anders möglich, dass es so weit gekommen ist oder demnächst kommt.

Vita hat sich inzwischen von ihr weg auf die Seite gedreht, aber das ist gut, so kann sie freier sprechen.

Du bist der einzige Mensch, den ich je gewollt habe, sagt sie.

Lieben heißt zittern. Und bei dir habe ich jede Sekunde gezittert.

Ja, ja, na gut, sagt Vita. Aber warum sterben? Niemand möchte sterben.

Doch, ich, sagt sie.

Vita: Unsinn.

Sie versucht Vita zu erklären, dass sie jemanden kennengelernt hat.

Kennengelernt ist das falsche Wort, erklärt sie. Niemand kennt ihn, obwohl er allen bekannt ist, auch dir, Leonard sowieso.

Draußen, in den Downs. Wo der Fluss ist. Ist so ein Fluss nicht ein Mann?

So hat sie jedenfalls gedacht.

Na ja, Mann, sagt Vita.

Sie seufzt und stöhnt, zieht auf einmal die Beine an, als würde sie sich vor Peinlichkeit krümmen, und wahrscheinlich ist das ja der peinlichste Augenblick ihres Lebens, sie möchte am liebsten im Boden versinken, so peinlich ist er ihr.

Es dauert eine Ewigkeit, bis Vita spricht.

Sie dreht sich wieder zu ihr hin und sagt, na gut, dann, ob Leonard von ihren Plänen weiß, ob er sie gutheißt, seinen Segen dazu gegeben hat, wie damals bei uns, sagt sie, er ist ja einer, der zu allem seinen Segen gibt, wenn es um die arme Virginia geht.

Ob du wirklich so arm bist, wie du tust, lassen wir mal offen, sagt sie, denn wenn du mich fragst, bist du die durchtriebenste Egoistin, die ich kenne.

Sie zählt zwei, drei Beispiele auf, die im Detail nicht stimmen und letzten Endes Lügen sind, und je mehr Vita lügt, desto mehr kommt sie in Fahrt, fängt nun auch an, über die Romane der ach so berühmten Frau Woolf zu sprechen, und spätestens jetzt wird es zu viel, Vita wird unverschämt, von einer mittelmäßigen Schriftstellerin wie Vita muss sie sich das nicht gefallen lassen.

Kannst du mir bitte meine Tabletten bringen?

Sie wirft das nur so hin, damit sie endlich Ruhe vor Vita hat, aber im selben Augenblick will sie nur noch ihre Tabletten; sie hat seit Monaten, ja richtig, regelmäßig welche zur Seite gelegt, das Versteck ist ganz hinten unter dem Küchenschrank, bitte hol mir meine Tabletten.

Sie glaubt keine Sekunde, dass Vita das für sie tun wird, aber siehe, sie rappelt sich sofort hoch, leicht verschlafen, wie jemand, der kaum zugehört hat und nun vorsichtig Richtung Küche tappt, so sie sich nicht gleich auf den Weg zu Leonard macht oder überhaupt das Haus verlässt.

So genau lässt sich das vom Bett aus nicht beurteilen. Mal glaubt sie dies, mal das, am Ende ist das Versteck ja nicht, wo sie vermutet hat, und Vita muss eine Weile suchen, bevor sie alles zusammensammeln kann, Stück für Stück das *Phenacetin* und das *Digitalis* und *Chloral* oder wie immer die kleinen Dinger heißen.

Vita braucht eine halbe Ewigkeit, doch jetzt ist sie zurück. Sie hat ein Glas Wasser mitgebracht und die Hand voller Tabletten, offenbar hat sie sie problemlos gefunden, aber das Versteck ist nicht gut, du musst dir ein besseres überlegen, sonst findet Leonard bei nächster Gelegenheit alles heraus.

Willst du die wirklich alle nehmen?

Ja, ja, los, sagt sie und findet, dass Vita eine echte Freundin ist; in all den Jahren ist sie nicht so nett und geduldig gewesen, obwohl sie sicher bald aufbrechen muss, während ihre verrückte Freundin mit der Arbeit des Schluckens beginnt, auch langsam eine erste Wirkung spürt und Vita zum Abschied zuwinkt, dabei sitzt sie weiterhin auf der Bettkante, und vielleicht sollte ja Leonard auf der Bettkante sitzen, aber nun ist es eben Vita.

Und so schläft sie langsam ein. Zumindest glaubt sie das, doch die Wahrheit ist, dass es sich genau umgekehrt verhält: Sie hat tief und fest geschlafen, und in ebendem Moment, da sie Vita zuwinkt, wird sie wach; sie hat sich Vitas Besuch nur eingebildet, und es ist schwer zu sagen, ob sie das betrübt oder freut.

Im Übrigen ist es offenbar bereits früher Morgen, die Tabletten haben gute Arbeit geleistet, was zur Folge hat, dass sie lange nicht wach wird und diverse Geräusche zu hören meint, draußen die sich regenden Tiere, die frühen Farben, Wind und Wetter, ab und zu eine Stimme, das Seufzen und Fauchen der Dinge, flüsternde Fensterflügel, schweigende Tische.

Damit ist sie beschäftigt, bevor sie neuerlich einschläft und wieder wach wird, als Leonard kommt. Sie ist um Wochen gealtert über Nacht, glaubt sie in seinen Blicken zu lesen, mehr aus der Welt gefallen, obwohl er nur feststellt, dass sie blass aussieht.

Hast du schlecht geträumt?

Nein, nein, ich träume nicht. Träume muss man rufen, aber ich rufe nicht. Ich habe keine Stimme dafür.

Er hat ihr unzählige Male gesagt, wie sehr er ihre Stimme liebt, ein wenig kratzig scheint sie heute zu sein, hoffentlich hat sie sich nicht erkältet.

Den trockenen Marmorkuchen, den er mitgebracht hat, rührt sie erst gar nicht an, aber sie trinkt schön brav von seinem Tee, richtet sich auf, kommt mit den Kissen nicht gut zurecht, dauernd hat sie Probleme mit den Kissen.

Wir sitzen in der Falle, du und ich, sagt sie. Nur leider ist sie kaputt, sie schnappt nicht zu.

In der Falle, wie du meinst, sagt Leonard und macht ein paar Vorschläge, was sie zusammen tun könnten, die sie alle ablehnt. Spazieren gehen möchte sie nicht, obwohl es ein halbwegs sonniger Tag zu werden verspricht, gemeinsam einkaufen in Lewes, jemanden besuchen, nein. Auch im Bett möchte sie nicht sein, im Gartenhaus nicht, sie möchte am liebsten nirgendwo sein.

Man ist nicht da, wenn man nirgendwo ist, sagt sie. Nicht mal Luft ist man. Ich möchte nichts und niemand sein.

Sie kann es nicht erklären. Die Sache scheint in sich widersprüchlich zu sein, aber was soll's, ihr würde es gefallen so als Nichts und Niemand, denn dann wäre man immerhin ein anderer, als man ist.

Am liebsten hätte sie, dass er sie anbrüllt, was er in gewissem Sinne sogar tut, denn nun packt er sie am Arm und zerrt sie aus dem Bett, versucht es zumindest, begleitet von den üblichen Reden, dass sie vernünftig sein soll, dass sie jetzt gleich, auf der Stelle, einen Spaziergang machen werden, zieh dich an, die Sonne scheint, du musst dringend an die frische Luft, und tatsächlich hat sie inzwischen selbst das Gefühl, dass ein Spaziergang die einzig verbliebene Möglichkeit ist.

Aber nicht zum Fluss, sagt sie. Ich fürchte mich vor dem Fluss.

Das verstehe ich, sagt er, und wirklich scheint er ausnahmsweise zu verstehen, er nickt und ist sich mit ihr einig, dass es keinen weiteren Vorfall geben darf.

Fast tatenlustig springt sie aus dem Bett und macht sich an die Arbeit des Anziehens; Anziehen findet sie ja regelmäßig schwierig, man darf nicht die kleinste Kleinigkeit vergessen, aber sie vergisst ja nichts und zieht alles in der vorgesehenen Reihenfolge an, Wäsche, Strümpfe, Bluse, den Rock, Pelz und Schal nicht zu vergessen, die festen Schuhe zum Schnüren.

Fünf Minuten später steht sie ausgehfertig in der Tür, in einer fast mädchenhaften Stimmung, als würde sie gleich zu hüpfen anfangen.

Leonard wirft ihr einen misstrauischen Blick zu, er hat den hellen Tweedmantel an, weil bald Frühling ist, auch die Luft ist frühlingshaft, die Stimmung zwischen ihm und ihr, wenngleich keiner von beiden ihr traut.

Statt nach rechts Richtung Fluss wendet sich das Paar

nach links Richtung Southease, was ja seit jeher ein angenehmer Spazierweg gewesen ist, für den man hin und zurück etwa vierzig Minuten braucht. Sonderlich viel Neues zu entdecken gibt es dabei nicht, den Weg durchs Dorf kennen sie im Schlaf, Leonard grüßt im Vorbeigehen zwei, drei Nachbarn und bemerkt, dass die Wolken heute auffällig dünn und flach sind, was er als Zeichen für den nahenden Frühling nimmt.

Ja, ja, der Frühling, sagt sie und hätte fast Lust, am Rand der Landstraße ein paar Blumen zu pflücken, hält auch lange Ausschau, ob da etwas ist, nimmt seine Hand und drückt sie fest, und warum auch nicht, er ist – zum hundertsten Mal – ihr Mann, und sie gehen jetzt zusammen durch Wiesen und Felder.

In der Dorfkirche von Southease versucht sie ein weiteres Mal zu beten.

Na ja, beten.

Kannst du bitte kurz still sein? Ich glaube, wenn ich bete, muss es rundherum ganz still sein.

Sie hat keine Vorstellung, wie man das Beten anfängt. Als Kind hat sie gelegentlich gebetet, was eine Form des Wünschens war, mehr Forderung als Bitte, aber kindlich, naiv, bitte mach dies, bitte mach das.

Etwa in dieser Art versucht sie es. Sie möchte, dass Leonard eine Frau findet, dass er gut arbeiten kann, Bücher, Aufsätze, Vorträge zustande bringt, während sie für sich selbst nur erbittet, dass am Ende nicht alles umsonst gewesen sein soll, denn um das Ende geht es jetzt, nicht schändlich soll es sein und schnell.

Sie nimmt sogar die Mühe des Kniens auf sich. Die Kirchenbank ist hart, aber das macht, dass ihr Gebet ehrlich endet, sie ist eine Sünderin, die in Not geraten ist und nicht weiterweiß, wobei sie die Geschichte mit dem Fluss in letzter Sekunde verschweigt.

Sie hat Mühe mit dem Aufstehen, als sie fertig ist. Leonard nimmt ihren Arm und zieht sie ansatzweise zu sich hoch, als wäre sie eine gebrechliche Frau, die sehr lange nicht gekniet hat, doch das ist es nicht, sie fühlt sich wie jemand, den er auf der Straße aufgelesen hat, eine Obdachlose, die in Büschen und Hinterhöfen haust und schlecht riecht, während er behauptet, dass es ein Zuhause für sie gibt, und dort bringt er sie jetzt so schnell wie möglich hin.

Und so bringt er sie nach Hause. Es ist ihr unangenehm, dass er das tut, dass er sieht, wie verkommen und faul sie ist, denn sie ist eine richtige Faulenzerin geworden, die es wagt, sich zu Hause wie eine Königin aus dem Mantel helfen zu lassen, als hätte sie ein aus Liebe oder Schönheit geborenes Recht dazu, dabei ist sie die liebloseste Ehefrau, die man sich vorstellen kann, ein hässliches, altes Weib, das von morgens bis abends in seinem langweiligen Unglück wühlt.

Sie würde ihn gerne um Verzeihung bitten, aber mein Gott, was hat er letztlich davon; sie bittet ihn seit Tagen darum und hat es nie ernst gemeint, es gesagt, aber jedes Mal gelogen, wahrscheinlich ist ihre Lügerei ja das Einzige, was sie wirklich mit Perfektion beherrscht.

Irgendwie gelingt es ihr, sich ins Schreibhaus zu schleppen, wo sie sich erinnert, dass sie kürzlich einen Brief an ihre Schwester geschrieben hat und ihn vielleicht in einen Umschlag stecken könnte, was sie jedoch nicht tut und stattdessen zur Abwechslung mal wieder ausprobiert, wie es ist, ihren kleinen, dummen Kopf gegen die Wand zu schlagen, aber nicht richtig Ernst damit macht.

Sie macht mit überhaupt nichts Ernst.

Sie tut nur so, als ob.

Sie sehnt sich nach dem Fluss, geht aber nicht hin, auch weil Leonard sie kaum noch aus den Augen lässt, vorhin auf dem Spaziergang, wo es nicht anders sein konnte, aber auch jetzt, da er die ersten Knospen der Obstbäume inspiziert und immer mal wieder zu ihr herüberblickt, als würde er annehmen, dass sie sich jederzeit auf den Weg zum Fluss machen kann; wenn er nur einen Augenblick nicht aufpasst, macht sie sich auf den Weg und geht in den Fluss.

Vorhin im Flur, als er ihr den Pelz abgenommen hat, war da wieder dieser Blick, der ihr sagt, dass er sie längst für eine Verrückte hält. Sicher wird er demnächst mit Octavia telefonieren, damit sie sich die Verrückte noch einmal ansieht, was komplett gegen ihren Willen ist, ihn aber nicht kümmert.

Wahrscheinlich hat er längst mit Octavia telefoniert, aber seltsam, seit sie die Dinge geschehen lässt, verlieren sie rasch an Bedeutung und erreichen sie gar nicht mehr.

Was dich nicht erreicht, kann dich nicht verletzen.

Das war, seit sie denken kann, ihr Ziel. Keine Verletzungen mehr, unverwundbar sein.

Mein Gott, was hat sie sich früher über schlechte Kritiken aufgeregt! Manchmal nur über einen Halbsatz, wenn jemand bei einem Detail die Nase rümpfte, aber sonst ganz freundlich und verständig schrieb, dann war sie tagelang in einem Zustand rasender Verzweiflung, obwohl sie nach außen so tat, als wäre nichts, aber das Gegenteil war wahr, es traf sie jedes Mal mit voller Wucht.

Wenn es nach Leonard geht, muss es einem egal sein, was die anderen von einem halten. Der andere ist ein anderer; man nimmt von ihm, was man gebrauchen kann, und was nicht, legt man tunlichst zur Seite.

Leonard kann das gut, etwas zur Seite legen, er kann auf die leichte Schulter nehmen, während sie – man muss es leider sagen – zeit ihres Lebens aus jeder Mücke einen Elefanten gemacht hat.

Er schüttelt regelmäßig den Kopf, wenn sie in dieser Stimmung ist, und sagt, dass man sich von seinem Weg nicht abbringen lassen darf, schon gar nicht durch sich selbst; der Weg ist schlimm, mag sein, trotzdem muss man ihn unverdrossen weitergehen, gerade jetzt, im Krieg, doch sie hat die Nase voll von diesem Krieg und dass Leonard und Vanessa immerzu dieselben Lieder singen, als würde, wenn sie nur Ruhe hält, gewiss noch ein gesunder, glücklicher Mensch aus ihr.

Sie schaut aus dem Fenster und weiß, dass das Leben eine Serie von Lügen ist. Ihre Gebete sind Lügen, die Tage mit Leonard, sogar der Frühling, der vermooste Garten, wobei sie sich fragt, wieso eigentlich der Garten überall so vermoost ist; das darf doch nicht sein, dass ein Garten so schrecklich vermoost ist, vorhin auf dem Weg ist ihr das bereits stark aufgefallen.

Das muss sie jetzt aber wissen, ob der Garten wirklich so stark vermoost ist. Vielleicht hat sie sich seine Vermoostheit ja nur eingebildet, mit ihren Einbildungen oder Erfindungen ist es bekanntlich so eine Sache, und deshalb muss sie auf der Stelle nach draußen und überprüfen, ob da wirklich überall Moos im Garten ist und Leonard als Gärtner das bloß nicht erkannt hat und also ein schlechter Gärtner ist, was ja wiederum schlecht zu ihm passt.

Es ist ziemlich kalt da draußen im Garten, sie rafft sofort ihre Strickjacke zusammen, damit sie sich nicht erkältet, weil Leonard dauernd sagt, dass sie sich nicht erkälten soll, was er nur tut, weil er sie gerne erzieht, als wäre sie ein unartiges Hündchen, das von selbst nicht weiß, was gut für es ist, und immer öfter weiß sie das ja wirklich nicht.

Er selbst hat nur Hemd und Pullover an, als er zu ihr tritt. Angeblich will er nur kurz nach ihr schauen, und was sie da eigentlich seit Minuten macht; sie hat auf die Minuten gar nicht geachtet, erwähnt auch kurz das Moos, warum da überall so viel Moos ist, aber er meint, es sei nicht mehr als üblich nach einem langen Winter.

Puh, der Wind, sagt sie und geht mit ihm ins Haus, wo es angenehm warm ist, sie aber leider nichts auf andere Gedanken bringt.

Du bist mein Ein und Alles, sagt sie, so in einem Ton, dass er gleich aufhorcht und seinen sorgenvollen Blick auf sie richtet.

Du und die Downs. Mehr ist mir nicht geblieben.

Ja, sagt er und scheint zu überlegen, ob ihm noch eine Aufmunterung einfällt, die sie nicht schon gehört hat, und in diesem Moment ist klar, dass es keine neuen Aufmunterungen mehr gibt.

Er ist wirklich ein alter Mann, sagt sie sich und merkt, wie sie ihn schon vermisst.

Ich vermisse dich so sehr, sagt sie, hier und jetzt, obwohl du ja bei mir bist.

Mach mir keinen Kummer, sagt er.

Ja, ja, Kummer.

Dabei wird es zu irgendeiner Art von Kummer kommen, das steht fest. Niemand anders als sie wird ihn ihm bereiten, für ein paar Wochen, Monate, in denen er sicher taumelt, um sich dann schnell wieder zu fassen und seiner Wege zu gehen, hier im Garten, wenn die Rhododendren blühen und auf den Bäumen die ersten Äpfel reifen, auch erste Besucher zu beobachten sind, eine kleine Brünette, die sich geduldig jeden Winkel zeigen lässt und später nach Kaffee und Kuchen wie ein Kätzchen auf seinen Schoß klettert und dort bestimmt nur zu gerne eine Weile bleibt und ein bisschen schnurrt und überhaupt sehr nett zu ihm ist, wie sie es ihrerseits nur selten gewesen ist.

Das alles kann sie sehen, und es ist – noch einmal – ihr Unglück, dass sie alles sehen und hören, schmecken, riechen kann, sogar die Frau auf Leonards Schoß, die natürlich gut riecht, weil das ja wahrscheinlich der Grund ist, warum ein Mann zu einer Frau geht, dass sie gut riecht, denn sonst würde er doch gar nicht auf die Idee kommen, sie in Haus und Garten zu lassen, wo sie bei nächster Gelegenheit auf seinen Schoß klettert und wie ein Kätzchen zu schnurren anfängt.

9

Sie weiß nicht, bei welcher Gelegenheit genau, aber irgendwann sehr bald wird sie ihn verlassen.

Sie hat wieder zu weinen begonnen, ohne genauen Grund, wie man sagen muss, aber eben darin besteht ja ihr Unglück, dass es an keiner Stelle festen Grund hat, sondern überall und nirgends ist, mehr eine Behauptung als eine Tatsache, ein waberndes Etwas, über das sie unter anderen Umständen lachen könnte.

Leonard hat im Wohnzimmer den großen Tisch gedeckt, womit er zeigt, dass er sich weiterhin Mühe gibt, ihr aber nicht abnehmen kann, dass sie eine weitere Nacht und danach einen weiteren Tag vor sich hat, der sich in nichts von den vorhergegangenen unterscheiden wird.

Natürlich ist es nicht gut, dass sie so viel weint und schlecht isst und Leonard so unweigerlich auf den Gedanken bringt, bei Octavia anzurufen und sie nach Brighton zu bringen und von Brighton ohne Halt ins Irrenhaus, weil es einfach nur schrecklich mit ihr ist und er das dauernde Geheule nicht länger erträgt.

Eigentlich weine ich ja über dich, sagt sie irgendwann.

Über mich?

Nein, nein. Es ist anders. Es ist so.

Sie hebt den Kopf und streift über sein Gesicht, in dem sie nicht gut lesen kann, was ein schlechtes Zeichen ist, so starrsinnig traurig hat sie ihn noch nie gesehen.

Es muss – nicht schon wieder – jemand gestorben sein, hier in der Nähe liegt jemand im Bett und ist tot, denn warum sonst würde sie das halbe Abendessen geweint haben. Ein Junge um die fünfzehn, glaubt sie, angenehm anzusehen, Leonards Sohn, wie ihr in den Sinn kommt, denn vielleicht hat Leonard ja einen Sohn, den er ihr verschwiegen hat, und nun ist der schöne Jüngling gestorben.

Deshalb weine ich, sagt sie, während Leonard – wer weiß, warum – die Teller zusammenstellt; warum nur stellt er plötzlich die Teller zusammen, sein Sohn ist gestorben, und er denkt an diese blöden Teller, Messer und Gabeln, die Wassergläser, die er nacheinander auf das Tablett stellt und ohne ein Wort in die Küche bringt.

Später tritt der tote Junge zu ihr an den Tisch. Es ist, das weiß sie, Leonard, der an den Tisch tritt, aber zugleich ist es dieser Junge, der die vollen Lippen und die lange Nase von Leonard hat und sich nun vorsichtig zu ihr herüberbeugt und flüstert, dass es ihm sehr gut geht und jede Sorge überflüssig ist, also wirklich, bitte nein, was sollen überhaupt nur immer diese Sorgen.

Leider bricht sie bei diesen Sätzen neuerlich in Tränen aus, worauf Leonard sehr unwirsch mit dem Jungen wird und ihn kurzerhand wegschickt; er ist sein einziger Sohn, trotzdem schickt er ihn so mit einer Handbewegung weg, jagt ihn nicht nur vom Tisch, sondern aus dem Haus und weiter vom Grundstück, mach, dass du mir vom Grundstück kommst, hier ist kein Platz für dich.

Aber er ist ganz arm, er ist gerade gestorben, sagt sie, dabei hat der Junge beteuert, dass er bestimmt nicht arm ist, sondern im Gegenteil – ja, was – ruhig und zufrieden. Und viel klüger als sie und Leonard, beinahe ein Weiser, die Toten treten bei ihr ja durchweg als Weise auf.

Der Junge lächelt ihr mehrfach zu, während er sich davonmacht, dreht sich im Gehen um und lächelt so wie ein Engel, denn das denkt sie, und als würde er überlegen, wer die weinende Frau am Abendessenstisch ist.

Es ist völlig unnötig und grausam gewesen, dass Leonard den Jungen aus dem Haus gewiesen hat, aber offensichtlich macht es ihm Spaß, grausam und streng zu sein, wobei sie das ja kennt und doch überrascht ist, als er ankündigt, dass er sie jetzt ins Bett bringt und nicht mehr aus den Augen lassen wird.

Was das heißen soll?

Ich lasse dich keine Sekunde mehr allein. Das ist, was es heißt.

Aber warum? Ist etwas vorgefallen?

Nicht, dass sie wüsste. Es hat kein Vogel mit ihr gesprochen, sie hat seit Tagen keinen Vogel gesehen, sie hatte kurze Begegnungen mit Geistern, das ist wahr, aber die hat sie ihm praktisch komplett verschwiegen.

Du magst nicht, dass ich vor dir weine, sagt sie.

Dabei weint sie längst nicht mehr, ein klitzekleines bisschen, als er sie bittet, aufzustehen, ein wenig an ihr zieht, weil sie sich nicht beeilt und mehrfach sagt, dass das nichts ändert, wenn er sie ins Bett bringt; es ändert nicht das Geringste.

ש

In der Diele muss sie ihn ermahnen, dass er nicht so ziehen soll. Sie ist doch kein Hund, der auf Spaziergängen alles beschnüffelt, während sie sich brav wie an einer Leine in ihr Zimmer führen lässt.

Einen Moment weiß sie dort nicht, was nun. Eigentlich hätte sie erwartet, dass Leonard, während sie sich auszieht, das Zimmer verlässt, aber er denkt nicht daran, weshalb sie schon froh ist, dass er sich immerhin wegdreht und zu dem Regal mit den Shakespeares geht, so wie es sich anhört, sogar liest, denn es rascheln Seiten, und dann ist sie fertig und liegt im Bett.

Ja, Shakespeare, sagt er, um nur überhaupt etwas zu sagen, und geht ein paar Schritte Richtung Bett, ein wenig zögerlich, wie ihr scheint, am Ende hat er ja doch keine Lust, bis morgen früh an ihrer Seite zu sitzen und ihr zuzusehen, wie sie weint oder doch nicht schläft.

Sie kann sich nicht erinnern, ihre Tabletten genommen zu haben. Es ist alles sehr schnell gegangen am Tisch und in der Diele, wo er dauernd an ihr gezogen hat, anstatt sie zu erinnern, dass sie die Tabletten nehmen muss, weil sie sonst nicht schlafen kann. Offenbar will er genau das haben; er ist böse, das ist, was er ist, er möchte, dass es ihr schlecht geht, und das ist eine Neuigkeit, mit der sie nicht gerechnet hat.

Unterdessen hat sich Leonard auf den Stuhl gesetzt, wo ihre Kleider sind, hat sie nicht mal zur Seite geräumt, sondern sich einfach draufgesetzt.

Und nun schlaf, ich bin da, sagt er.

Sie kann aber nicht schlafen, wenn er neben ihr am Bett sitzt, außerdem braucht sie zum Schlafen die Tabletten, die sie angeblich längst genommen hat, was sie auf die Schnelle nicht nachprüfen kann, aber bestimmt nicht glaubt.

So geht es nicht weiter, sagt er, und dass er dringend rät, Octavia zu konsultieren, gleich morgen früh wird er sie anrufen.

Oh nein, sagt sie. Bitte, Leonard, nein.

Doch er beharrt darauf: Morgen fahren sie nach Brighton.

Er erklärt, was er schon mehrfach erklärt hat: dass sie sehr krank ist, dass sie dringend Hilfe braucht, dass er nicht weiterweiß mit ihr und sie selbst auch nicht.

Ja, sagt sie und will sagen, nein, ich weiß kein Weiter mehr.

Kann ich eine Tablette haben?

Die Tabletten liegen oben auf dem Kaminsims. Sie selbst hat sie dort hingetan, nur ein Glas Wasser fehlt, also bittet sie Leonard um ein Glas Wasser, das er ihr auch bringt und dann – oh Wunder – das Zimmer verlässt.

Ich bin nebenan.

Gut, sagt sie und macht zum Spaß ein paar Bellgeräusche, weil er ja nun mal ihr Wachhund ist und nebenan im Sessel die Nacht verbringen wird, damit sie keine dummen Sachen anstellt, denn so weit hat sie es gebracht, dass er ihr nur noch die allerschrecklichsten Dummheiten zutraut.

[DONNERSTAG, 27. MÄRZ]

Sie kann nur hoffen, dass er irgendwann nach oben geht, denn im Wohnzimmer wartet ein böser Feind auf sie, und dieser böse Feind ist das Telefon, und deshalb muss sie heute wachen und warten, bis sie dem Telefon die Kehle durchschneiden kann, weil genau das wird sie tun – sobald Leonard nach oben gegangen ist, holt sie aus der Küche ein Messer und schneidet, zackzack, das Kabel durch.

Sie hat nie so recht begriffen, wie ein Telefon genau funktioniert. Man kann ja bis ins ferne Amerika telefonieren, und trotzdem kommt jeder Satz in Sekundenbruchteilen beim anderen an, wobei sie nicht als solche ankommen, sondern – das genau ist das Rätsel – in etwas Elektrisches umgewandelt werden, und dann läuft dieses Elektrische durch unzählige Kabel und wird am anderen Ende, als wäre nichts gewesen, neuerlich zur Stimme.

In ihren Romanen kommt selten etwas an; die Leute sitzen in ihren Häusern und Gärten und reden aneinander vorbei, wie sie und Leonard seit Tagen und Wochen aneinander vorbeireden, und deshalb bewacht er das Telefon, damit er morgen mit Octavia telefonieren kann.

Offenbar ist er weiterhin auf seinem Posten: Eine Diele knarrt, man hört die Zeitung, Musik um diese Zeit natürlich nicht, er will ja, dass sie brav schläft, aber diesen Gefallen wird sie ihm nicht tun.

Sie wird rein gar nichts mehr für ihn tun.

Wenn er sie in die Klinik bringt, wird sie nie mehr mit ihm sprechen. Sie wird ihn und Octavia anspucken und ihnen nacheinander das Gesicht zerkratzen und bei erstbester Gelegenheit aus dem Fenster springen; sie wird Leonard mit den unflätigsten Beschimpfungen überziehen und ihm sagen, dass er stinkt, selbst wenn es nicht wahr ist, dass er in seinem Leben rein gar nichts zustande gebracht hat und nicht die geringste Spur hinterlassen wird, nein, nein.

Um sie herum ist es inzwischen totenstill, aus dem Wohnzimmer mit dem Telefon ist seit einer Weile kein Laut zu hören, sie vermutet, dass er eingeschlafen ist, aber das ist alles andere als gewiss, sie muss aufstehen und nachschauen, sich aus dem Bett quälen und ihn noch einmal beschwören, sie auf keinen Fall nach Brighton zu bringen, mitten in der Nacht gegen halb drei.

Sie tappt zur Tür und nimmt den üblichen Weg über den Garten in die Diele, von wo sie den Schein des

Lichtes sieht, in dem Leonard sitzt, und bewegt sich langsam zu dem Licht hin.

Bist du noch da?

Sie hat zu flüstern begonnen, was eine Form der Rücksichtnahme ist, die doch ganz überflüssig ist, da er ein noch viel größerer Feind als das Telefon ist, wenngleich sie ahnt, dass es ganz falsch ist, Leonard als Feind zu betrachten, denn wenn er ihr Feind ist, ist sie mit ihm verbunden und kann nicht gehen.

Leonard gibt keine Antwort auf ihre geflüsterte Frage. Offenbar schläft er fester als gedacht, doch die Wahrheit ist, dass er gar nicht im Zimmer ist, das Zimmer ist leer, er muss sich heimlich weggeschlichen haben, nach oben in sein Bett, wo er friedlich schlummert und sich nicht im Geringsten schert.

Die Erkenntnis schockiert sie, aber es ist doch immerhin eine Erkenntnis: Sie ist ihm völlig egal. Auch das Telefon, das sie, wenn es nach ihm geht, jederzeit zerstören kann, weil es ihn gar nicht kümmert, ob sie nach Brighton fahren oder hier weiter ihre Tage fristen, was ja heißt, dass sie jederzeit gehen kann, obwohl es eine große Grausamkeit von ihm ist, sie so gleichgültig gehen zu lassen.

Sie weiß, dass nur wenig davon stimmt, das meiste, mal ehrlich, hat sie aus dem Stegreif erfunden, Leonard schläft in seinem Bett, was ja zweifellos sein gutes Recht ist, das gibt sie zu.

Aber das empörte Gefühl bleibt und ist zugleich interessant, sie hat noch einmal ein Gefühl, selbst wenn es verlogen ist und zugleich so wuchtig schlimm, dass sie neuerlich in Tränen ausbricht, sich in den Sessel setzt und hofft, dass er sie später dort findet, das Häuflein Elend, das sie ist, etwas, das man am besten aus dem Haus schafft und in den Fluss oder wer weiß wohin wirft.

Als sie Stunden später – sie weiß nicht – immer noch nicht gefunden ist, macht sie sich kurzerhand auf den Weg nach oben, wo sie zu ihm ins Bett schlüpft, halb im Schlaf, denn irgendwie hat sie es geschafft, in einem schlafenden Zustand zu bleiben.

Man könnte sagen, sie traumwandelt, aber nun ist sie allen Ernstes zu ihm ins Bett geschlüpft, schiebt ihn ein wenig Richtung Wand, damit sie Platz hat, und schläft in seiner sie behütenden Wärme ein.

Du bist ganz nass, sagt er dazu, was sie gerade eben noch hört, aber doch schon schläft und so in ihrem Schlaf recht ungeduldig erklärt, dass das von den Tränen ist, wenn man weint, du Dummer, ist es wie ein kleiner Regen, und davon bin ich nass geworden.

Er hat sie in den Arm genommen, zart und rücksichtsvoll, fast wie eine Frau; sie hat ja wirklich immer nur den Frauen vertraut.

Einmal wacht sie auf, weil ein Vogel singt, ist sofort orientiert, wo und wer sie ist, am Morgen vor dem Nachmittag, an dem sie von Leonard nach Brighton gefahren wird, doch jetzt liegen sie – ach wie herrlich – erst mal zusammen wie ein Paar in seinem Bett, das von all seinen Dingen umgeben ist, den im Halbdunkel nur schemenhaft zu erkennenden Bildern, Möbeln, Schreibutensilien, dem tickenden Wecker auf seinem Schreibtisch.

Ich bete dich an, wenn du mich so hältst, sagt sie und seufzt oder holt ein letztes Mal Luft, denn sie hat ja jede Menge vor, sie muss mit Leonard nach Brighton und es schaffen, dass man sie nicht ins Irrenhaus schafft, und es ist alles andere als sicher, dass ihr das gelingt.

Irgendwann wechselt er vorsichtig die Stellung, zieht den Arm unter ihr weg und umfasst sie dafür mit dem anderen, einen Moment unschlüssig, wo er ihn ablegen soll, oberhalb des Bauchnabels wie früher Vita oder doch lieber auf der Schulter, und mit dieser offenen Frage schläft sie neuerlich ein, geistert durch die üblichen Szenen, in denen sie etwas sucht und nicht findet, mit dem Packen nicht fertig wird, aber eben doch zu tun hat. Und das weiß man ja von Freud, dass die Seele immer etwas zu tun braucht, der Traum ist der Hüter der Schlafes oder wie auch immer er es formuliert hat, und nichts braucht sie dringender, als dass jemand sie behütet, ein gutes Auge auf sie hat und sie zugleich lässt.

ꟾᴗꟾ

Als sie im ersten Tageslicht erwacht, ist sie dennoch wieder am Heulen, und sie hasst sich inzwischen als Heulende, während Leonard so tut, als wäre nichts.

Die Nacht hat sie mehr erschöpft als gestärkt, als hätte sie schwer gearbeitet, etwas geboren, möchte sie beinahe glauben, obwohl sie nicht die geringste Erinnerung hat und als Gebärende bestimmt ohne jedes Talent ist.

Nessa hat ihr vor Jahren von ihren drei Geburten erzählt, und ja, jetzt meint sie sich zu erinnern, dass das im Schlaf ihre Arbeit war, nur das, was da in ihr ist, will aus ihr nicht heraus, sie presst und presst, aber leider will es nicht heraus, wahrscheinlich ist es längst tot, was leider nichts ändert, weil man auch das Tote gebären muss.

Leonard ist längst aufgestanden und in der Küche, wo sie ihn klappern und fluchen hört. Etwas ist zu Boden gefallen, man hört die beruhigende Stimme von Louie, die schon im Haus ist, worauf eine Weile überhaupt nichts zu hören ist und dann, wie er ruft, obwohl er nicht ernsthaft glauben kann, dass sie in diesem Zustand aufsteht, und besser aufpasst, dass sie keine Dummheiten macht und sich im Badezimmer die Pulsadern aufschneidet oder was immer ihr seit Wochen sozusagen auf der Zunge liegt.

Leonard – das ist ungewöhnlich – ist im Schlafrock, als er das Frühstück an sein eigenes Bett bringt. Er lächelt ungeschickt, weiß nicht, wo er das Tablett abstellen soll, ehe er sich für den Schreibtisch entscheidet.

Hast du sie angerufen?

Er hat ihr zwei Toasts gebracht, den üblichen Tee, und nein, sagt er, angerufen hat er Octavia nicht.

Nicht wahr, du wirst das mir zuliebe heute nicht tun, versucht sie ihn zu bereden. Wir bleiben hier. Du rufst nicht an, und dann bleiben wir einfach hier, und es ist ein ganz normaler Tag.

Sie bittet und bettelt, aber Leonard lässt sich von seinem Plan nicht abbringen – heute ist der Tag, an dem sie nach Brighton fahren.

Später, in ihrem Zimmer beim Anziehen, überlegt sie, ob und wie sich die Reise noch verhindern lassen kann, denn sie möchte in ihrem Zustand nicht gesehen werden, sie schämt sich, obwohl sie sich vor Octavia nicht schämen muss, sie ist Ärztin und hat gewiss schon schlimmere Krankheiten gesehen, was an ihrem Schamgefühl nichts ändert.

Sie könnte heimlich zum Fluss laufen, aber Leonard ist immerzu in der Nähe, an Flucht ist nicht zu denken, außerdem ist sie noch nicht angezogen, sie steht seit Minuten am Fenster und beschäftigt sich mit dem Nichts, das in ihr ist, was heißt, dass sie nur glotzt und glotzend zur Kenntnis nimmt, dass da nichts ist, kein Ding, kein Gedanke, der sie anginge – nichts.

Sie fühlt sich wie ein verfolgtes Tier, das verzweifelt nach Auswegen sucht, was einem Gedanken ja schon ähnlich ist, aber nur zum Ergebnis hat, dass sie sich fertig anzieht und irgendwelchen Stimmen lauscht, die in immer neuen Variationen ihr Schicksal beklagen und es zugleich in allen Punkten widerspruchslos akzeptieren.

Fast gefällt ihr das. Es ist eine neue Art der Freiheit, die in dem Eingeständnis besteht, dass sie verloren ist, was so etwas wie ein Wissen ist, das überall in ihrem Körper Platz genommen hat; in jeder einzelnen Zelle und selbst den entlegensten könnte man es finden.

₪

Und so beginnt sie ihren vorletzten Tag, nimmt noch einmal ein Bad, wiederum sehr kurz, bevor sie Leonard beim Schuheputzen in der Diele trifft. Augenscheinlich denkt er über etwas Wichtiges nach, denn wenn er nachdenken muss, putzt er gerne Schuhe, wahrscheinlich über den Anruf, ob er gerade heute nötig ist oder verschoben werden kann, ja oder nein, und inzwischen ist es ihr fast egal, ob ja oder nein.

Er sieht kaum auf, als sie an ihm vorbei Richtung Küche geht, auf der Suche nach einer Beschäftigung; sich zu beschäftigen fällt ihr ja anhaltend schwer. Sie könnte sich ein weiteres Mal über die Böden beugen, aber es ist erst wenige Tage her, dass sie das getan hat, und es fehlt ihr auch die Kraft, tatsächlich fehlt sie ihr inzwischen für beinahe alles.

Was sie kann, ist nicht viel; praktisch nichts. Sie kann die Küchenschränke inspizieren und das eine oder andere aus- und wieder einräumen, Schüsseln, Teller, Töpfe, ein paar Krümel aus den Ecken picken und sich vergegenwärtigen, was sie so haben, als wäre ihr das meiste neu und fremd, und tatsächlich fühlt sie sich längst wie eine Fremde, wie jemand, der sich in der Adresse geirrt hat und mit Verzögerung bemerkt, dass er am falschen Ort ist.

Nebenbei lauscht sie, ob Leonard am Telefon ist, denn irgendwann muss er das dumme Telefonat ja führen, warum erledigt er die Sache bloß nicht, oder er hat sie längst erledigt und sie fahren demnächst los.

Sie kann sich die Szene in allen Einzelheiten ausmalen: wie er den Wagen vors Gartentor fährt, wie er von innen die Tür öffnet und sie einsteigen heißt, weil es nun wirklich losgeht, wir machen einen kleinen Ausflug, nur leider hat sie keine Lust auf einen Ausflug und steigt auch gar nicht erst in den Wagen, sondern legt sich auf ein Stück Straße, damit er sie hier, vor Ort, überfahren und wie einen Wurm zerquetschen kann.

Das ist, was sie sieht. Aber komisch, als wäre sie selbst nicht unmittelbar dabei, sondern jemand, der ein Stück weiter die Straße rauf unter einem Baum steht und nicht sonderlich viel erkennen kann, eine Maschine, die Auto heißt, und eine alterslose Person, die am Boden liegt. Es scheint sich um eine Art wissenschaftliches Experiment zu handeln, für das sie sich aus der Ferne durchaus interessiert und zugleich weiß, dass die Frau am Boden eine andere, sprechen wir es ruhig aus: Verrückte ist, die jedes noch so grausame Schicksal verdient hat.

Sie hält noch immer einen Teller in der Hand, keine Ahnung, wie lange schon.

Von einem Teller wie diesem hat sie Hunderte Male gegessen, wie sie ansatzweise weiß, ihn aber betrachtet wie das Überbleibsel einer untergegangenen Kultur, etwas, das vor Urzeiten war und nun nur noch als Rätsel existiert; sie könnte beim besten Willen nicht sagen, wofür es auf der Welt und in ihren Händen ist.

Teller, sagt sie. Die Schuhe, ja. Das Telefon.

Alles ist zäh und dickflüssig, die verbleibende Zeit, die sie umgibt, ihre Verzweiflung, die eine Art Dummheit ist, während Leonard wie immer weiß, was er zu tun hat, und es auch Schritt für Schritt tut, erst die Schuhe und im Anschluss die Irrenanstalt.

Seine Schuhe stehen frisch poliert im Flur, er muss bereits vor einer Weile fertig geworden sein, und jetzt telefoniert er mit Octavia; als sie ins Zimmer tritt, legt er gerade auf.

Octavia ist krank, aber sie will dich sehen, sagt er. Gegen drei müssen wir los.

Octavia, ja. Um drei. Wie furchtbar nett sie doch zu ihnen ist.

Sie hat überhaupt keine wütenden Gefühle mehr und ist versucht, Leonard den Vorschlag mit dem Wagen zu machen, was ja den Vorteil hätte, dass Octavia in ihrem warmen Bett bleiben könnte und er nicht nach Brighton fahren muss.

Sie versucht ihm zu erklären, was mit ihr ist, vorhin in der Küche, dass sie kaum mehr gewusst hat, was ein Teller ist. Wozu gibt es Teller genau? Sie hat es nicht mehr gewusst, wer und wo sie ist, sogar jetzt, da sie miteinander sprechen, was ja eindeutig der Fall ist; sie ist hier, und zugleich steht sie draußen am Fenster und sieht, wie zwei Leute reden, aber eigentlich nur so tun, und man von da draußen auch kein Wort versteht.

Also, um drei, sagt er und kündigt an, dass Louie noch eine Kleinigkeit zum Essen vorbereitet.

Ich fühle nichts mehr, sagt sie. Alles ist nur irgendwie der Fall, doch ich bin kein Teil davon.

Sie fragt ihn, ob er das kennt, worauf er eine Weile überlegt und dann wiederholt, dass sie Geduld haben muss und auf den Rat von Octavia hören soll.

Später, in der Küche, sieht sie ihm zu, wie er das neueste Essen von Louie isst. Er kaut und schluckt, ausnahmsweise ganz manierlich, wie jemand, der mit jedem Bissen zeigt, dass er zu jeder Art Leben bereit und entschlossen ist, jemand, der immer weiter essen und trinken und verdauen wird und sie also nicht braucht und auch ohne sie zu Hause hier ist.

Er wird sterben in diesem Haus.

Er wird sich eine neue Frau suchen und sie zweifellos finden, dazu neue Bekannte und Freunde, die von ihren Tellern essen werden, Messer und Gabel und Löffel benutzen, die über Jahre sie benutzt hat, aber eben doch, als wäre es nie gewesen.

Natürlich wird Leonard nicht verschweigen, dass sie hier gelebt hat, den Frauen, Gästen ihr Zimmer und Schreibhaus zeigen, falls ihm daran liegt, etwas von ihr zu zeigen und zu bewahren, denn vielleicht hat er ja das

Bedürfnis, alles komplett umzuräumen, weil er nicht aufhört, böse auf sie zu sein, was sein gutes Recht wäre, obwohl sie es sich anders wünscht.

Wenn sie nicht mehr hier lebt, kann er machen, was er will, aber eigentlich möchte sie, dass die Dinge bleiben, wie sie sind, und sie ihn zuverlässig überall findet, so als freundlichen Geist, der gelegentlich nach dem Rechten sieht. Sie könnte ihm weiter zusehen, wie er den Rhododendron schneidet, den Apfelbaum, wie er mäht, aus den Wegen und Beeten das Unkraut zupft, wie er gießt, wie er lächelt, im Mai, wenn alles blüht und sie in einer Höhe, aus der man einen gewissen Überblick hat, über allem kreist und dann, nach einer Weile, weiterfliegt, an einen Ort ganz in der Nähe, wenn sie richtig vermutet, doch das wird man sehen.

Sie hofft, dass er nicht dauerhaft böse auf sie ist, obwohl es ohne Bedeutung ist, ob und wie lange er böse auf sie sein wird. Er tut ihr ein bisschen leid, aber das ist nur ein letztes Verbundenheitsgefühl, von dem sie annimmt, dass es schnell verfliegen wird, wie der Rest auch.

Die nächsten zwei Stunden bringt sie irgendwie hin. Sie weiß, dass sie bloß noch aus Resten besteht, und diese Reste wird Leonard nach Brighton in Octavias Praxis fahren, wo man sich mit sorgenvollen Mienen über sie beugen und beraten wird, was noch mit ihr werden kann. Leonard wird sagen, dass sie kurz vor dem Zusammenbruch steht, und Octavia wird sie tadeln, weil sie nicht gut auf sich aufpasst, so eine große Schriftstellerin, und wenn es um ihre seelische Gesundheit geht, ist sie die nachlässigste Person der Welt.

Lange vor Leonard hat sie Pelzmantel und Schuhe angezogen, sie muss ausnahmsweise auf ihn warten, schnappt sich zwischendurch einen Hut, kann jedoch weiterhin gut auf ihn warten.

Würde sie ernsthaft befürchten, dass er und Octavia sie in eine Klinik stecken, wäre sie wahrscheinlich nervös, aber das mit der Klinik werden die beiden hübsch bleiben lassen, sie hat Mittel und Wege, dafür zu sorgen, dass sie es bleiben lassen, nur so weit wird es gar nicht kommen, nein, nein.

Leonard lenkt den Wagen, wie er durchs Leben geht, mit demonstrativer Aufmerksamkeit, als hätte er alles jederzeit im Griff und eben dadurch die Freiheit, sich nebenbei mit anderem zu beschäftigen, leise zu pfeifen oder ihr aufmunternde Blicke zuzuwerfen, und tatsächlich könnte man glauben, sie seien zu einem ihrer berühmten Wochenendausflüge aufgebrochen. Man könnte fast vergessen, dass Krieg ist, und vielleicht hat er ja wirklich über Nacht aufgehört, es sind jede Menge Leute unterwegs, alle außer ihr wollen in die Stadt, die allerdings noch fern ist, sie sind gerade erst losgefahren, Leonard hat sich zweimal verschaltet, er flucht, nimmt eine Kurve etwas zu spät, was er sicher bestreiten würde und ihr völlig egal ist.

Sie kann sich kaum vorstellen, dass sie vor Jahren selbst hinter einem Steuer gesessen hat. Als sonderlich talentiert hat sie sich auch darin nicht erwiesen, für sie gehören diese Automobile eher zum Reich der Fische und Meeressäuger, weil ja immerzu alles schwimmt und schwankt und letztlich nie unter Kontrolle zu bringen ist.

Sonst denkt sie vorläufig nicht viel, hakt innerlich ab, was sie seit Langem kennt, in der Landschaft stehende Gebäude, Wegkreuzungen, markante Bäume, die Felder, die noch halb im Winterschlaf liegen, die tief hängenden Wolken, denn es ist ein trüber Tag, obwohl es vor Brighton aufreißt und alles für kurze Zeit fasslich und akzeptabel wird, ihre gegenwärtige Beschäftigung, die lediglich darin besteht, sich von Leonard nach Brighton chauffieren zu lassen und so im Fahren die vorbeiziehenden Sehenswürdigkeiten zur Kenntnis zu nehmen, den Royal Palace, ja, ja, weiter hinten das Meer, den Pier, auf dem vereinzelt Leute mit Regenschirmen zu beobachten sind, weil es neuerlich zu regnen begonnen hat.

Wenn es nach ihr ginge, könnten sie auf der Stelle umkehren; es ist alles beschlossen, also ist der Besuch bei Octavia ohne jeden Sinn.

Die Überlegung ereilt sie wie eine Offenbarung, aber so und nicht anders ist es: Man glaubt, man hätte es in der Hand gehabt, sich für irgendein bestimmtes Leben zu entscheiden, und dann zeigt sich, dass das allermeiste von Anfang beschlossen war; so und nicht anders hat es kommen müssen, und wahrscheinlich ist es gut, dass es so gekommen ist, es ist unvermeidlich, und wovor muss man sich dann noch fürchten, wenn es unvermeidlich ist, im Grunde doch vor nichts.

Und jetzt sind sie da; Leonard hat geparkt und den Motor ausgeschaltet.

Was haben die da in Brighton aber für einen garstigen Wind, sagt sie beim Aussteigen, weil sie schon ahnt, dass ihr der Hut vom Kopf fliegen wird, wenn sie nicht aufpasst, sie kann gerade noch rechtzeitig die Hand draufhalten.

Leonard ist auf ihre Seite gegangen und hat die Tür für sie geöffnet, sie müssen nur ein paar Schritte gehen, dann stehen sie vor dem weißen, weißen Haus, in dem Octavia ist und das von anderen weißen, weißen Häusern umgeben ist, und wenn man sich das richtige aussucht, ist man praktisch schon in der Anstalt.

Jetzt beginnt sie sich doch zu fürchten, aber als handele es sich wiederum um eine weit entfernte Person, die sich da fürchtet, während sie selbst in ihrem inneren Totsein ganz furchtlos ist.

Octavia ist wirklich krank. Man sieht, dass sie Fieber hat, sie hustet und schnieft, dreht sich beim Husten schnell weg oder geht ein paar Schritte Richtung Tür, misst ihr den Puls, sieht ihr in die Augen, fragt nach ihren Nächten, den Stimmen, ob da jemand mit ihr spricht, doch es spricht nur Octavia.

Ich fühle nichts mehr, sagt sie. Irgendeine andere fühlt, keine Ahnung, wer.

Um sie herum ist es sehr hell und weiß, sie sitzt auf einer Art Pritsche, vor ihr Octavia auf einem alten Hocker, den sie in all der Helligkeit nur schemenhaft erkennt.

Sie fragt sich, in welcher Zeitfalte sie sich eigentlich aufhält, da sie einerseits in dieser nachmittäglichen Stunde bei Octavia ist und zugleich in einem unbestimmten Danach, in dem alles schon gewesen ist. Was immer in den nächsten Minuten stattfindet, wird in Kürze gewesen sein, und das macht doch vieles erträglicher, und wirklich ist sie längst zurück beim Wagen, sie sitzt auf dieser Pritsche und ist zugleich am Wagen.

Irgendwann muss sie versprechen, in den nächsten Wochen auf keinen Fall zu arbeiten.

Oh, ja, nein, nein, sagt sie. Nach Arbeiten ist mir wirklich nicht zumute.

Leonard hat die ganze Zeit weit weg an der Tür gestanden, doch nun setzt er sich wie auf Kommando in Bewegung und geht an ihr vorbei zu einer Tür, hinter der Octavia ein zweites Zimmer hat. Es ist klar, dass sie dort beraten, wie es mit ihr weitergehen soll, sie darf nicht mit, aber was soll's, man hört sie beide murmeln, während sie längst woanders ist.

Sie sitzt auf der Pritsche, während sie längst zurück im Haus und am Fluss und im Wasser ist, und keine zehn Minuten später sitzt sie wirklich im Wagen neben ihrem Mann, der kein Wort sagt und bestimmt nicht weiß, dass sie weiterhin auf dieser Pritsche sitzt und nicht die geringste Dankbarkeit verspürt, weil er Octavia überredet hat, es ein letztes Mal mit ihr zu versuchen, denn so ungefähr fasst er das Gespräch hinter der verschlossenen Tür zusammen.

Kurz hinter Brighton verlässt sie ihn.

Sie hat geahnt, dass sie das tun wird, trotzdem ist sie überrascht, dass es nicht weiter schwer ist, im Gegenteil, ihr ist sofort angenehm leicht, die Verbindung ist gekappt, und sie spürt, wie leicht ihr sofort wird.

Dabei hat sie weiterhin freundliche Empfindungen für ihren Mann, aber eben so, dass er sie nichts mehr angeht, ungefähr wie nach seinem ersten Besuch, als er sich vor allem für Nessa interessierte und sie anschließend dachte: Das also ist Leonard Woolf, der Mann, der auf Ceylon ein wichtiger Kolonialbeamter ist, wie interessant.

Sie überlegt, ob sie ihm von ihrer inneren Wendung erzählen soll, kommt jedoch zu dem Schluss, dass sie sich die Mühe sparen kann; er würde kein Wort verstehen, und im Grunde ist es auch nicht nötig, dass er versteht. Einmal möchte er wissen, wie es ihr geht, worauf sie ohne große Überlegung erwidert, ganz gut, was natürlich eine glatte Lüge ist und zugleich die reine Wahrheit.

Mit der Heulerei hat es jedenfalls schon mal ein Ende, was womöglich daran liegt, dass sie gut beschäftigt ist:

Sie sieht zu, wie in Häusern und Höfen die ersten Lichter angehen und allerlei Vieh von den Weiden trabt, nimmt zur Kenntnis, dass sie weiterhin wenig fühlt und jede Sorge los ist, aber das ist ja der Witz, man hört auf zu fühlen und fragt sich, was man sich bloß dauernd gesorgt und gefürchtet hat.

Später, beim Essen, ist die Heulerei zurück, sie versteht überhaupt nicht, wieso, worauf Leonard ihr die Empfehlungen und Anordnungen von Octavia ins Gedächtnis ruft.

Sie hat Octavia kaum zugehört, meint aber zu wissen, worauf es hinausläuft, die Maßnahmen sind bekannt, sie darf nicht spazieren gehen oder sonst etwas tun außer sitzen und Milch trinken und im Bett ruhen.

Das scheint in etwa der Plan für sie zu sein, Leonard nickt, was sie, nein, nicht schon wieder, zum Weinen bringt, und es ist ihr unendlich peinlich, so vor Leonard zu weinen, jetzt, da er wieder der Fremde von früher ist; vor Fremden darf man sich doch um Himmels willen nicht so gehen lassen, gleich morgen wird sie das Geheule ein für alle Mal abstellen und sich auch rechtzeitig nach den Steinen für die Manteltaschen bücken, denn das mit den Steinen für die Manteltaschen hat sie neulich glatt vergessen, nur deshalb – leider – ist sie ja überhaupt noch da.

10

Danach ist nicht mehr viel. Der Besuch bei Octavia hat sie beide erschöpft, was zu tun war, ist getan, die Klinik ein fernes Gespenst, und jetzt muss sie nur noch warten und in aller Ruhe die Stunden zählen.

Das eine oder andere zu tun bleibt natürlich trotzdem: Man muss eine Kleinigkeit essen, den Tisch decken und nachher aufräumen, zwischendurch die Pausen und Löcher zwischen den Sätzen füllen, Gegenstände herüberreichen oder empfangen, kauen, die Servietten holen, die man leider vergessen hat und braucht, weil er oder sie mit der von Louie hinterlassenen Suppe gekleckert haben, was ja weiter nicht der Rede wert ist.

Dann ist es, sagen wir, neun. Man könnte gemeinsam Musik oder die Nachrichten hören, aber Leonard möchte lieber ins Bett, lesen, worauf sie kurzerhand antwortet: Aber ja, geh du lesen, ich komme zurecht, es geht mir gut.

Und in gewissem Sinne – ja, doch – trifft das weiterhin zu. Sie ist erstaunlich ruhig, ohne größere Schmerzen, wenn man so sagen kann, und in diesem Zustand macht sie sich fertig für die Nacht, bevor sie im Erdgeschoss nacheinander die bekannten Räume inspiziert, mit dem interessierten Blick einer Museumsbesucherin, weil das nunmehr ihr Blick ist, sie geht durch ein Haus, das zum Museum geworden ist oder eines fernen Tages dazu werden wird.

Die Vorstellung amüsiert sie. Haus und Garten werden ein Museum sein. Man bezahlt Eintritt und hat wie sie das Recht, sich überall umzusehen, darf natürlich nichts anfassen oder in die Hand nehmen, draußen im Garten keine Blumen pflücken oder Beete zertrampeln, aber bitte, deshalb werden sich die Leute ja nicht auf den Weg machen; sie wollen mit eigenen Augen sehen, wie das berühmte Paar gelebt hat, der ehrwürdige *National Trust* macht's möglich, und dann staunen sie wahrscheinlich oder sind enttäuscht, weil ja überall nur gewöhnliche Dinge zu betrachten sind, Tische, Stühle, die nur Tische und Stühle sind, oder doch nicht ganz, hier, hinten auf der Lehne die Buchstaben hat die Schwester draufgemalt, und da schau, oh weh, in diesem Bett hat die unglückliche Person geschlafen und gezittert, was sie daran erinnert, dass es allmählich Zeit ist, in ihr Zimmer zurückzukehren.

Und nun ist sie in ihrem Zimmer. Louie hat in ihrer Abwesenheit das Bett gemacht, ein Rest Feuer brennt, und so könnte man beinahe vergessen, dass man in einem Museum ist; das Zimmer ist Teil eines Museums, aber vorläufig weiterhin ihr Zimmer, niemand außer ihr und

Leonard oder vielleicht Vita hat das Recht, auch nur die Nase hereinzustecken, und in dieser, nennen wir es, Gewissheit schlägt sie die Decke zurück und legt sich hin. Eine ihr unbekannte Stimme sagt ihr vor, was in den verbleibenden Stunden zu tun ist, aber so wie es aussieht, handelt es sich um Winzigkeiten, die sie noch einmal der Reihe nach bedenkt, zeitliche Abläufe und Wegstrecken, wie lange braucht man für das, wie lange für das, falls sie es sich in letzter Minute nicht überhaupt anders überlegt, was sie derzeit nicht annimmt.

Die neue Stimme sagt: Gut, dann bist du fertig.

Octavia, fällt ihr ein, ist vorhin in Brighton wirklich furchtbar nett zu ihr gewesen, sie hat ihr zum Abschied – sie weiß nicht – so richtig lang und intensiv die Hand gedrückt, fast, als wäre sie ihre Freundin, jemand, dem es sehr wichtig ist, dass sie bald wiederkommt und in der Zwischenzeit keine neuen Dummheiten begeht.

Octavias Hand hat ihr das gesagt, ihr Blick, obwohl sie Octavias Blicken ausgewichen ist, auch denen von Leonard, der ja seinerseits ein ganz Netter, Gütiger, Verlässlicher ist, weil er ihr die Freiheit gelassen hat, weshalb sie jetzt auch wirklich nicht mehr groß weinen muss, nein, nein, im Gegenteil, eigentlich ist es ja ein Grund zur Freude.

[FREITAG, 28. MÄRZ]

Und so schläft sie denn, tief und fest und neu, aber wiederum nicht so fest, dass sie nicht mitbekommt, dass Leonard noch einmal nach ihr sieht oder besser: horcht. Sie schläft, aber ihre Seele ist wach und weiß, dass er nach ihr gehorcht und wieder gegangen ist, bevor aufs Neue friedliche Stille um sie herum ist, vereinzelt Stimmen, leise, böse, ratende Stimmen, die der Toten nicht zu vergessen, der Vögel, die aber nur singen oder sich draußen flatternd das Gefieder putzen.

Das ist in etwa, was der Fall ist. Nicht alle Stimmen melden sich zu Wort, manche sind einfach zu weit weg, andere seit Langem verstummt, obwohl sie zweifellos irgendwo geblieben sind, dazu die Räume, in denen sie sich einst erhoben haben, die Szenen, Kontexte, die ihren schlummernden Geist erfüllten, dazu die Musiken, die sie gehört und vergessen hat, damals den Strawinsky, *Sacre du printemps*, was war das doch für eine göttliche, unvergessliche Musik.

Sie müsste sich ein bisschen bewegen, jetzt, in ihrem neuen Schlaf, und vielleicht unterzieht sie sich ja der Mühe, eine Weile zu suchen, zu vertrauen und sich zu erinnern, dass vieles gar nicht so schlecht gewesen ist, die Musik ist dafür ein gutes Beispiel.

Selbst der Schlaf ist ein Beispiel. Das Thema ist alt und kompliziert, sie hat über ihren Schlaf viel gejammert, aber richtig bleibt doch, dass sie ihr ganzes Leben geschlafen und geatmet hat, sie ist am Leben, krank und verzweifelt, gewiss, doch vor allem unendlich begabt, denn was braucht es zu so einer Verzweiflung für eine Begabung.

Sie hat ziemlich viel aus ihrer Begabung gemacht, sie hat sich gut kennengelernt, geliebt und wieder aufgehört zu lieben, an sich und anderen gelitten, aber eben alles am eigenen Leib erlebt und gespürt, Anfänge und Abschiede, die Langeweile, den Orgasmus, oh ja, das Glück und das Unglück des Schreibens, das die längste Zeit ihre Beschäftigung gewesen ist, von dem Ruhm und dem ganzen Geld und dem Glanz, der sie umgeben hat, zu schweigen.

Sie hat keine Kinder gehabt, aber sonst so gut wie alles, was man zu einem bewegten Leben braucht. Was also ist der Mangel, was fehlt, das sie unbedingt noch haben oder ergattern muss, denn es scheint ja immerzu etwas zu fehlen, als habe das Leben Schulden bei ihr, die Götter, die sie vergessen haben und von solchen Schulden nichts wissen.

Es gibt keine Schulden.

Das Leben ist keine Rechnung, die aufgeht oder nicht, es ist die Summe dessen, was der Fall gewesen ist, und das sollte sie mit ihren fast sechzig Jahren allmählich wissen, in ihren Büchern steht's geschrieben, mit welchem Recht also beschwert sie sich.

Aber sie beschwert sich gar nicht mehr, ach was.

Auch dass sie zu wenig vertraut, trifft im Grunde so nicht zu, man könnte im Gegenteil sagen, dass sie viel zu sehr vertraut, denn als sie gegen fünf in völliger Dunkelheit erwacht und kaum weiß, wo und wer sie ist, meldet sich sofort die Stimme von gestern, die ihr mitteilt, dass es noch längst nicht Morgen ist, und dieser neuen Stimme, wie seltsam, vertraut sie fast blind.

Nun habe ich dich also schlafen lassen, sagt die Stimme. Aber schau, es ist nicht mehr viel zu tun.

Es beruhigt sie, dass die Stimme das sagt, und es ist ja wirklich nicht mehr viel: Sie muss mit Leonard frühstücken, sie muss ihm schreiben und die guten Steine in die Manteltaschen tun, zwischendurch warten, die richtigen Momente abpassen, etwas für ihn aufschreiben, ihn belügen, durch die Landschaft gehen, wo die Steine sind, auf das Gehen freut sie sich.

Es bleibt nur noch wenig zu tun, und deshalb ist sie auch so ruhig, hat nur Schwierigkeiten mit der Reihenfolge, sie muss zum Fluss, sie muss schreiben, lügen, schreiben ist gleich lügen. Sie muss sich die Zähne putzen. Haare machen, die Bürste suchen. Ja, alles.

Beruhige dich, sagt die Stimme, und dass sie weiterschlafen soll, es ist zu früh, also schlaf, doch das ist schwer, obwohl sie durchaus willig ist, ein bisschen schlummert, dämmert, die Zeit vergehen lässt, schwer zu sagen, wie lange genau, eine ganze Weile.

Als Leonard das Frühstück bringt, hat sie die Stimme, oh weh, verlassen. Eigentlich kann das nicht sein, aber leider, die freundliche Stimme ist weg, sie weiß nicht, was sie sagen soll, was Leonard dazu ermuntert, sie mit den üblichen Fragen zu bestürmen, auf die sie einsilbig Antwort gibt, mehr nein als ja, dass sie erstaunlicherweise geschlafen hat, und nein, essen will sie heute nichts, warum er glaubt, dass sie Stimmen hört, dabei ist alles ganz still.

Irgendwann ist er weg, und sie beginnt sich zitternd anzuziehen, denn wenn sie demnächst gehen will, muss sie angezogen sein, die Zähne muss sie putzen, ja, ja, sogar das Haar bürstet sie sich, für Louie eher nicht, denn jetzt steht auf einmal Louie im Zimmer und sagt völlig unsinnige Sachen.

Louie hat ein Tuch in der Hand, das sie ihr auch hinhält, damit sie ein bisschen im Haushalt hilft und oben bei Leonard den Staub wegwischt.

Herr Woolf hat gemeint, das würde Sie auf andere Gedanken bringen.

Man merkt, dass Louie von Leonards Vorschlag wenig hält, es ist in all den Jahren nicht vorgekommen, dass Louie in Haushaltsdingen Hilfe angenommen hat, aber nun soll es eben so sein; sie gehen gemeinsam in Leonards Zimmer, wo sie eine Weile so tut, als würde sie Staub wischen, aber schon nach wenigen Minuten aus dem Zimmer läuft und, während sie noch läuft, die Stimme wiederhat.

Du musst das nicht tun, sagt die Stimme, und dass

Leonard in der Küche ist, wo er auch wirklich sitzt und bei einer Tasse Tee darauf wartet, dass Louie sein Zimmer fertig hat.

Heute arbeitest du, sagt sie zu ihm. Du musst dich nicht kümmern, heute arbeitest du.

Er hat lange nicht so müde ausgesehen, denn leider hat er schlecht geschlafen, und deshalb wird er sich vor dem Mittagessen noch eine halbe Stunde hinlegen, worauf sie fast munter ankündigt, das Schreibhaus aufzuräumen und anschließend zur Entspannung ein paar Schritte zu gehen.

Aber du arbeitest nicht, sagt er.

Nein, nein, Arbeiten ist nicht gut für mich; auch Bett ist nicht gut, Aufräumen und Gehen ist gut.

Die Stimme sagt: Gleich gibt Louie Bescheid, dass Leonard in sein Zimmer kann, und dann wird er aufstehen und in sein Zimmer gehen und sie nicht wiedersehen, denn darauf laufen die Dinge nun hinaus.

Ihr Zustand ist, dass man nicht sagen kann, in welchem Zustand sie ist; sie ist in allen Zuständen zugleich. Sie ist ruhig, sie ist gleichgültig, kann jederzeit die Fassung verlieren oder sie behalten, in irgendeinem Zwischenzustand bis zum Abend in der Küche bleiben und immer so weiter die ganzen nächsten Tage, Wochen, bis sie im Sitzen ganz allmählich verdorrt und an Farbe verliert und schlussendlich, ach ja, bitte, zu Staub zerfällt.

Das ist in etwa ihr Zustand. Sie hat Leonard aus der Küche gehen sehen, sie hat gespült und abgetrocknet, und dann – ja, dann – überlegt sie noch mal. Sitzt in der Küche auf ihrem Stuhl und überlegt oder besser: sinnt vor sich hin, gewinnt Zeit, was nur heißt, dass sie sie vergehen und zerbröseln lässt und im Grunde weiter nichts tut, auch nicht wartet, wie Leonard vermutet, der kurz heruntergekommen ist, weil er etwas sucht oder vergessen hat.

Ja, warte ich?

Ich habe gar nicht bemerkt, dass ich warte, sagt sie. Der letzte Bus jedenfalls ist seit einer Ewigkeit durch.

Es wird zehn, es wird halb elf, ehe sie von einer Minute auf die andere sehr unruhig wird und in dieser neuen Unruhe Küche und Haus in Richtung Garten verlässt.

Es ist ein strahlend heller, kalter Tag, drüben in den Ulmen sitzen die Vögel und sehen schweigend zu, wie sie die Tür zum Schreibhaus öffnet und wieder schließt, bevor eine lange Weile überhaupt nichts Sichtbares geschieht, weil sie den zweiten Brief an Leonard schreibt.

Viel Neues zu sagen hat sie nicht, weshalb sie an manchen Stellen rafft und ihre Begründungen aus Brief eins sozusagen voraussetzt, im Ton weniger dringlich, weniger verzweifelt, könnte man sagen, weil sie die Dinge nun schon ziemlich weit hinter sich gelassen hat.

»Liebster, ich möchte Dir sagen, dass Du mir vollkommenes Glück geschenkt hast«, schreibt sie. »Niemand hätte mehr tun können, als Du getan hast. Bitte glaub das. – Aber ich weiß, dass ich das hier nie überwinden werde: und ich vergeude Dein Leben. Es ist dieser Wahnsinn. Nichts, was irgendjemand sagt, könnte mich überzeugen. Du kannst arbeiten, und es wird Dir ohne mich viel besser gehen. Siehst Du, ich kann nicht einmal das hier schreiben, was beweist, dass ich recht habe. Ich will nur sagen, dass wir, bis diese Krankheit kam, vollkommen glücklich waren. Alles war allein Dir zu verdanken. Niemand hätte so gut sein können, wie Du es gewesen bist, vom allerersten Tag bis heute. Jeder weiß das. V. – Rogers Briefe an die Maurons findest Du in der Schublade in der Lodge. Würdest Du bitte all meine Papiere vernichten.«

Mehr schreibt sie nicht.

Kurz ist sie versucht, den angenehmen Zustand in der Küche wiederherzustellen, bevor sie sich sagt, dass sie jetzt wirklich losmuss, zurück ins Haus, von wo ihr in diesem Augenblick Leonard entgegenläuft, der nach ihr hat sehen wollen und, schon im Zurücklaufen, ankündigt, dass er sich nun hinlegt.

Gut, was noch. Den Brief an ihre Schwester, den sie vor Tagen geschrieben hat, muss sie noch in einen Umschlag stecken, aber dann ist sie wirklich fertig, trägt die beiden Briefe in aller Ruhe ins Haus, um sie irgendwo abzulegen, schlüpft in Pelz und Schuhe, denkt auch in letzter Minute an den Stock, den sie in den steilen Uferpartien wahrscheinlich brauchen wird, und wenn nicht, na, dann eben nicht.

Sehr schnell geht sie diesmal nicht, bis zur Straße in gemäßigter Eile, aber danach, als spazierte sie wie üblich nur so in der Gegend herum, mit einem Rest Wachsamkeit, der den sie umgebenden Dingen gilt, Wiesen und Weiden, dem vereinzelten Besatz durch Kühe, in der Luft wiederum den ihr nahestehenden Vögeln, in der Ferne einigen wenigen Spaziergängern, die nicht in ihre Nähe streben.

Gehen ist auch heute gut für sie – wenn sie dieses Tempo beibehält, wird sie zum Mittagsläuten drüben am Fluss sein, wo sie sich um die Steine kümmern muss, doch vorläufig ist sie nur mit Gehen beschäftigt, in einer Mischung aus Furcht und Erwartung, inzwischen ein wenig schneller als zu Beginn, damit sie nicht ins Sinnieren gerät und womöglich vergisst, warum sie sich auf den Weg gemacht hat, aber wie, bitte, soll sie das vergessen.

Bis zum Ufer ist es nun nicht mehr weit. Sie dreht sich kurz um und sieht weit rechts den Kirchturm, also die Stelle, wo ihr Haus mit Leonard und Louie ist, ziemlich weit weg; wenn Leonard es sich in diesem Moment einfallen ließe, sie abzuhalten, könnte sie mit allem ohne Weiteres fertig werden, aber es ist kein Leonard in Sicht, er schläft, er hat ja gesagt, dass er schlafen will, und das hat sie sich gut gemerkt und gleich ausgenutzt.

Inzwischen steht sie praktisch am Wasser, wo überall Steine liegen, zu denen man aber erst mal hinunterklettern muss. Aus mehreren Richtungen ist von den Kirchtürmen das Mittagsläuten zu hören, was sie kurz irritiert, weil sie sich beim Klettern konzentrieren muss, sorgfältig entscheiden, welche Steine passen, auf halber Strecke zwischen Uferweg und Fluss, zum Glück hat sie an den Stock gedacht.

Es ist richtig, was sie tut.

Selbst wenn es ganz falsch wäre, wäre es hier und heute richtig.

Die meisten Steine sind an den Kanten scharf, außerdem muss sie aufpassen, dass sie nicht zu große nimmt, sonst lassen sich die Taschen nicht richtig füllen, aber irgendwann sind beide prall gefüllt.

Schwer beladen steht sie eine Weile da, prüft den Zug an ihren Schultern, ob da auch bestimmt genug Gewicht ist, und ja, das ist der Fall, der Mantel zieht sie merklich zu Boden.

So, und jetzt muss sie wirklich los. Sie kennt das ja, man muss sich einen Ruck geben, und dann springt man oder lässt sich fallen und ist auf einmal ganz woanders, als man gewesen ist.

Die Stimme des Engels sagt, dass sie ohne Furcht sein soll, und wirklich ist sie ohne jede Furcht, und so ohne Furcht macht sie sich schließlich auf den Weg.

[INTERKONTINENTALFLUG II]

Es dauert eine Weile, bis er alles zusammenhat: das Geräusch von Louies Klingel, wie müde und verschlafen er ist, dazu der langsam aufsteigende Gedanke an Virginia, nach der er eine Weile nicht geschaut hat, obwohl sie ja nur kurz spazieren gegangen ist und wahrscheinlich längst am Tisch sitzt, aber das erweist sich leider als falsch.

Als er begreift, dass sie nicht zum Essen erscheinen wird, geht alles sehr schnell; das Tempo ist grausam, innerhalb weniger Minuten wird klar, dass er sie weder in ihrem Schreibhaus noch überhaupt irgendwo auf dem Grundstück finden wird, und kurz darauf entdeckt er die Briefe und weiß Bescheid.

Er muss sich kurz setzen, als er fertig gelesen hat, denn die Wucht ihrer Sätze ist gewaltig, geht ein bisschen herum, weil Sitzen nicht hilft, versucht sich zu ducken, unter den Sätzen wegzutauchen, sie zu modellieren, bitte, nein, sag, dass das nicht wahr ist, bitte nein.

Dann geht er zum Fluss. Jemand verständigt die örtliche Polizei, er läuft wie blöde suchend das Ufer auf und ab und findet sie nicht, findet ihren Stock, der auf dem Wasser treibt, also ist es wahr. Er fischt ihn aus dem Wasser und nimmt ihn an sich mit einigem Befremden, während um ihn herum Seile und Greifhaken zum Einsatz kommen und Leute nach ihr stochern, nach ihr tauchen, ohne sie zu finden.

Als er am späten Nachmittag erschöpft ins Haus zurückkehrt, steht Vanessa vor der Tür. Sie hat nur kurz nach dem Rechten sehen wollen, aber stattdessen muss sie jetzt den Brief lesen, den die Schwester ihr hinterlassen hat, sie hat sich schon gewundert, warum nie Antwort auf den ihren gekommen ist.

Ich glaube es nicht, sagt sie, aber so, als habe sie seit Langem nur noch diesen einen Glauben gehabt.

Er fährt sie nach Hause und wieder zurück, telefoniert mit Octavia, schreibt an Vita, als könnte er selbst besser begreifen, wenn er es anderen begreiflich zu machen versucht, doch die Wahrheit ist, dass nur Grauen in ihm ist.

Drei Tage wird unter Einsatz aller Kräfte nach ihr gesucht, ohne das geringste Ergebnis. Am vierten Tag schreibt er an den Herausgeber der Times *und berichtet, was mit an Sicherheit grenzender Wahrscheinlichkeit geschehen ist, am sechsten steht es auf der Titelseite. Es folgen diverse Nachrufe und dazu eine wahre Flut von Briefen, die er in den nächsten Tagen und Wochen Zeile für Zeile liest und mit einem jeweils persönlichen Dreh beantwortet. Niemand macht ihm den geringsten Vorwurf, im Gegenteil: Er hat Titanenarbeit geleistet, aber getan hat sie es – nun ja – am Ende leider trotzdem.*

Gut drei Wochen nach ihrem Verschwinden wird sie Mitte April von Jugendlichen aus der Gegend gefunden, gar nicht weit weg von der Stelle, wo man sie damals gesucht hat; offenbar hat sich der Körper im Uferbereich unter irgendwelchen Zäunen im Wasser verfangen und versteckt, sonst wäre er längst in den Ärmelkanal oder weiter ins offene Meer getrieben worden, was ihr ja womöglich gefallen hätte.

Man hat sie nach Newhaven in die Totenhalle gebracht, wo er sie identifizieren muss, was nicht schlimmer als das Bisherige ist, aber eben doch schlimm; sie hat drei Wochen im Fluss gelegen, deshalb ist sie ihm bis zur Unkenntlichkeit fremd, sie spricht nicht zu ihm, dabei gäbe es ja jede Menge zu besprechen, doch sie liegt nur teilnahmslos auf irgend so einer Bahre und lässt zu, dass er sie betrachtet oder zu betrachten eigentlich kaum in der Lage ist.

Zwei Tage später fährt er zum Krematorium nach Brighton, wo sie verbrannt werden wird. Es gäbe jede Menge Freunde und Bekannte, die ihn begleiten könnten, aber er zieht es vor, diese letzten Dinge allein zu erledigen. Er fährt noch einmal den Weg, den sie Ende März gemeinsam gefahren sind, nähert sich ihr und gibt sie zugleich Stück für Stück weg, wobei sie immer kleiner und unsichtbarer wird, ein Häuflein Asche in einer Urne, das man mühelos in den Wagen tragen und nach Hause bringen kann.

Große Gefühle hat er vorläufig nicht. Die Wahrheit ist, dass er auch kaum dazu kommt, ein bisschen mehr, als er zu Hause die Cavatina aus Beethovens Streichquartett (Op. 130) hört, und dann noch einmal, als er die Urne unter einer der beiden Ulmen im Garten vergräbt.

Und jetzt trauert er.

Seine Trauer ist eine undurchdringliche Wand aus Dunkelheit und Stille, die keinen Millimeter zurückweicht. Es fällt ihm auf, dass er nicht sonderlich viel an sie denkt, außer dass sie abwesend ist, und insofern denkt er unablässig an sie, lässt sich auch gerne täuschen, mitten in der Nacht, wenn er wegen einer Bewegung im Schlaf erwacht und glaubt, dass sie bei ihm ist oder unten durch die Zimmer geistert; wenn Louie zum Essen klingelt und er Richtung Schreibhaus blickt und damit rechnet, dass sie im nächsten Augenblick aus der Tür treten wird.

Natürlich arbeitet und lebt er auch, versucht es wenigstens, er schläft, isst und trinkt, er trifft Leute, führt die Korrespondenz, aus der er die eine oder andere Ermutigung zieht, Sätze, Formeln, die ihn wieder und wieder mahnen, dass es ihr Recht gewesen ist.

Sie ist nicht er.

Er hat dafür gesorgt, dass sie lange in Sicherheit war, aber daraus ergibt sich am Ende kein Recht auf Schonung.

Er ist nicht sonderlich wütend auf sie; nicht dass er wüsste jedenfalls. Die Lektion ist bitter und kompliziert, doch wütend ist er allenfalls auf sich, weil er bis zuletzt geglaubt hat, dass er sie zum Bleiben bewegen kann, im Grunde trauert er vor allem um seine Illusionen.

Die Monate vergehen, mal mehr, mal weniger rasch, während draußen der Krieg leider überhaupt nicht vergeht und immer größere Heere von Toten und Untoten in Bewegung setzt, im Radio bringen sie mehrmals täglich die neuesten Zahlen.

Er ist oft und absichtlich allein und konzentriert sich auf die alltäglichen Dinge, macht das eine oder andere im Garten, liest und schreibt und wartet mit einem Rest Interesse ab, dass das steinerne Gefühl des Verlustes vergeht oder sich verwandelt, aber nein, es scheint unveränderlich zu sein, oder er versteht die Zeichen nicht, denn es gibt Tage, da er sie – nein, nicht wirklich – vergisst, ihr jedoch einen Platz zuweist, hier, bitte, in dieser Ecke kannst du sein, aber erwarte nicht, dass ich Tag und Nacht für dich da bin, ich muss sehen, wie ich weiterleben kann, und dabei bist du mir wirklich keine Hilfe.

₪

Jetzt, mit Anfang sechzig, scheint das Leben vorbei zu sein, denn was hat man mit Anfang sechzig noch groß zu erwarten, aber siehe da, da ist noch was, die Götter, an die er nicht glaubt, zeigen sich gnädig und schicken ihm eine junge Frau, die sich Trekkie nennt, zum zweiten Mal verheiratet, eine Malerin, nur wenige Jahre älter als Virginia bei der Hochzeit und natürlich auf ihre Art beladen, aber kein Vergleich.

Sie ist ein Geschenk des Himmels, obwohl – ganz aus dem Himmel fällt sie nicht, er kennt ihre Schwester Alice, die früher für den Verlag illustriert hat und in diesen Wochen im Sterben liegt und im Oktober leider wirklich stirbt. Er hat Geld für die letzten Behandlungen geschickt, die Schwester – eben Trekkie – schickt es mit Dank zurück, worauf man sich in mehreren kleinen Schritten anzunähern beginnt; man trinkt in London Tee, man schreibt und ruft sich an, schickt oder empfängt Blumen, einmal frische Erdbeeren, bevor es Ende Juli 1942, wiederum in London, zu einem ersten Abendessen kommt.

Trekkie ist fast zwanzig Jahre jünger als er, deshalb ist er schrecklich nervös, seine Hände zittern, seine traurige Seele, die so traurig vielleicht nicht ist, denn in Wahrheit jubelt sie, über Trekkies Blick, wie sie lacht und sich bewegt, Messer und Gabel benutzt und nicht merkt, dass er auf der Stelle auf die seligste Weise verloren ist.

Eine neue Frau ist in sein Leben getreten, wer hätte das gedacht. Auch Trekkie scheint nicht abgeneigt zu sein, obwohl es dann noch einmal dauert, bis sie ihn im Dezember in Rodmell besucht und über Nacht bleibt, und zum Jahreswechsel noch einmal mit gleich drei Übernachtungen en suite.

Übernachtungen klingt vielversprechender, als es ist, denn zu sexuellen Handlungen kommt es nicht und wird es auch in Zukunft nicht kommen, aber nun ja, mit solchen Limitierungen ist er seit Jahrzehnten vertraut, er ist und bleibt entzückt, dass es dieses Wesen gibt, es ihn umgibt und alles Mögliche mit ihm teilt, ihre Stimme, ihre Pläne, ihre Präsenz.

Anfangs lebt er in der Befürchtung, dass sie ihn bald langweilig finden wird, denn sie ist ein Bewegungsmensch, jemand, der gerne tanzt und trinkt und auf Reisen geht, doch von Langweile keine Spur, sie zieht sehr bald regelrecht bei ihm ein, was heißt, dass sie an verschiedenen Stellen des Hauses dauerhaft Platz nimmt, drüben in dem kleinen Schreibhaus zu malen beginnt, ein eigenes Bett bewohnt, dazu Tische, Stühle, Sessel, die Treppen, draußen den wundervollen Garten, die Wege, die durch diesen wundervollen Garten führen, die Wege durch die Landschaft.

Wahrscheinlich verbindet sie, dass sie beide Verlassene und Betrogene sind. Trekkies Mann schläft seit Langem mit einer anderen Frau, hält aber an der Ehe fest, so wie auf andere Art Leonard als Witwer an seiner Schriftstellerehe festhält, und genau so und nicht anders ist es allen Beteiligten recht.

Leider ist weiterhin Krieg, aber gut zwei Jahre nach dem ersten Abendessen ist endlich auch der Krieg vorbei, man kann sich wieder ernsthaft an die Arbeit machen, nur dass es nun überwiegend um Aufräumarbeiten geht; er schreibt einen dritten und letzten Band seiner Überlegungen zur Politik, gibt Briefe, Essays, Kritiken von Virginia heraus und macht sich Gedanken über eine mögliche Autobiografie.

Davon abgesehen freut er sich weiterhin an dem neuen Menschen, den zu vermissen und zu preisen er nicht müde wird; ist Trekkie nicht da, schickt er ihr allerlei berauschte Briefe hinterher, nennt sie allen Ernstes Tiger, was ja beweist, dass er summa summarum richtig Spaß mit ihr hat, zumal ja immer etwas bleibt, das er nicht bekommen kann, und diesem flirrenden Etwas hinterherzujagen, ist eben der Spaß oder besser: das späte Glück.

Nach fünfzehn Jahren gehen sie erstmals auf Reisen. Bislang ist das ein Privileg von Trekkies Ehemann Ian gewesen, doch nun ist Leonard in einem Alter, wo die Zeit allmählich knapp wird, er möchte unbedingt nach Israel und später in sein geliebtes Ceylon, das nun Sri Lanka heißt, und wer sollte ihn dorthin begleiten, wenn nicht Trekkie.

Die Entdeckung, die er auf diesen Reisen macht, besteht darin, dass er sich selbst entdeckt. Er hat die längste Zeit seines Lebens geglaubt, dass er nur als Teil eines Wirs existiert; nun findet er heraus, dass er immer gleichzeitig er selbst gewesen ist, es gibt Linien zurück, Anfänge, die er nicht wei-

terverfolgt oder später ausgeblendet hat, und deshalb ist es nur folgerichtig, dass es ihn nicht nach Amerika oder sonst wohin zieht, sondern in seine Vergangenheit. Er war und ist Jude, also muss es ihn interessieren, was die Juden nach der Katastrophe des Holocaust in diesem neuen Staat Israel so machen, und dass er wissen will, was aus dem alten Ceylon geworden ist, nun, das versteht sich von selbst.

Virginia hat sein Judesein immer verabscheut, während er selbst es eher ignoriert hat, doch jetzt, in Haifa und Tel Aviv und später auf dem Land im Kibbuz, fühlt er sich regelrecht beflügelt. Er ist zeit seines Lebens Antizionist gewesen, er mag die Orthodoxen nicht, aber diese Luft und die kargen Landschaften, denen er als Jude ja irgendwie entstammt, sind ihm eine Freude, so wie Trekkie an seiner Seite eine anhaltende Freude ist; für Trekkie ist es völlig unwichtig, dass und ob er ein Jude ist, sie hat seinen zweiten Roman gelesen und weiß, was es für ihn bedeutet hat, ein Jude unter Nichtjuden zu sein, und jetzt ist er für zehn Tage ein Jude unter Juden und auf angenehmste Weise gewöhnlich.

Komplizierter ist die Reise nach Sri Lanka. Sie ist länger, anstrengender, auch unfreier, weil er für die Leute vor Ort nicht nur der ehemalige Kolonialbeamte, sondern der Schriftsteller aus England ist, der einen Roman über ihr Land geschrieben hat. Wo immer er auftaucht, wird er ausgiebig gefeiert, er trifft den Premierminister, hält Reden und muss sich deren einige anhören, steigt mit Trekkie in den feinsten Unterkünften ab und nimmt mit gemischten Gefühlen zur Kenntnis, wie sehr sich die Verhältnisse seit seinem Weggang verändert haben, denn es gibt überall Straßen, An-

sätze von Wohlstand, obwohl er gelegentlich zu hören bekommt, dass unter den Briten alles besser gewesen sei.

Fast drei Wochen werden sie in alle verfügbaren Himmelsrichtungen chauffiert. Man fährt in das atemberaubende Hochland, wo die Teeplantagen sind, in das schöne Kandy, durch seinen alten Distrikt Hambantota natürlich, und überall gibt es viel zu viel zu essen und zu besprechen, weshalb er an den Abenden regelmäßig völlig erschöpft ins Bett fällt.

Trekkie hat den Roman mitgenommen, der ihnen diese Tage und Wochen beschert hat, und jetzt, da sie vor Ort ist, sagt sie, liest er sich doch ganz anders als am Kamin in Rodmell. Auch die Erzählung über die Perlenfischer, auf die Virginia so eifersüchtig gewesen ist, weil sie in der Daily Mail als eine der besten Erzählungen des beginnenden 20. Jahrhunderts bezeichnet worden ist, hat sie zum Vorlesen dabei, weil das seit Langem ihr Wunsch ist, dass er sie ihr vorliest, wogegen er sich anfangs sträubt, aber dann doch zu lesen beginnt und findet, dass er die Perversionen des Kolonialismus ziemlich gut auf den Punkt gebracht hat.

Trekkie lächelt und sagt, dass er Schriftsteller hätte werden sollen.

Ein paar Jahre, ja, sei das eine Möglichkeit gewesen, gibt er zu, doch dann wäre er jetzt wahrscheinlich nicht hier mit ihr.

Es ist gut, hier mit dir zu sein, sagt er und erinnert sie an die frische Ananas, die sie bei einem Stopp am Straßenrand gegessen haben, nie schmeckte ihm eine besser.

Und sie: Oh, ganz herrlich war die.

Trekkie ist inzwischen Ende fünfzig, sie altert, aber für ihn wird sie immer die junge Frau sein, die ihm geschickt und geliehen worden ist, denn man bekommt sich ja immer nur geliehen; auch Virginia war so eine Geliehene und Geschickte, und mehr gibt es dazu im Rückblick nicht zu sagen. Sie kommt ihn weiterhin gelegentlich besuchen, so mit einem mädchenhaft verlegenen Lächeln, auf das er keine Antwort hat, allein die Wahrheit ist, dass die gemeinsamen Jahre ziemlich verblasst sind, ihr schleichender Verlust, ihr Verrat, den er weiterhin mit sich herumträgt, ungefähr in der Größe eines Ziegelsteins.

Trekkie hat er das Nötige dazu längst gesagt. Sie wird ihn eines Tages sterben sehen; sie wird ihn begraben oder begraben lassen, aber so wie es aussieht, werden sie noch ein paar Jahre haben.

Soeben tritt sie im Nachtkleid aus dem winzigen Badezimmer, sie hat geduscht und sich einen weißen Handtuchturban um das Haar gewickelt und sieht müde aus.

Alles in Ordnung bei dir?

Ja, alles in bester Ordnung.

Der Tag war lang, es ist ihr letzter Abend, man könnte unten an der Bar noch etwas trinken oder zum Strand gehen, aber nichts dergleichen wird geschehen, und eben das, so scheint ihm, ist das Glück.

Man wartet, dass der andere ins Bett kommt, und tatsächlich kommt sie jetzt, und allein dafür hat es sich doch schon gelohnt, dass man überlebt hat.

Michael Kumpfmüller
Die Herrlichkeit des Lebens
Roman
Band 19360

Wer war Franz Kafka? Dank Michael Kumpfmüller können wir uns den berühmten Schriftsteller als glücklichen Menschen vorstellen, der am Ende seines Lebens die große Liebe findet. Ein kluger, einfühlsamer Roman über Liebe und Erfüllung und den Wert jedes einzelnen, aufmerksam gelebten Tages.

»Kumpfmüllers erstaunliches Buch über die letzte Liebe Kafkas ist zauberhaft und exakt bis ins Detail.«
Andreas Langenbacher, Neue Zürcher Zeitung

»Alles ist nur mit zarten Strichen skizziert und strahlt dennoch eine große Kraft aus, eine Menschlichkeit und Würde.«
Kristina Maidt-Zinke, Süddeutsche Zeitung

»Ein bewegend schöner, leiser Roman.«
Elke Heidenreich, Literarische Welt

Fischer Taschenbuch Verlag

fi 19360 / 1

Michael Kumpfmüller
Tage mit Ora

Eine Frau und ein Mann beschließen, gemeinsam zu verreisen. Das Außergewöhnliche daran: Sie kennen sich kaum. Das Einzige, was sie wissen: Sie fühlen sich zueinander hingezogen. Eigentlich kann es mit ihnen nichts werden, aber vielleicht ja doch? Auf einem Roadtrip durch die USA wollen sie es ergründen.
Mit großer Leichtigkeit und zärtlichem Humor erzählt Michael Kumpfmüller von zwei Menschen, die sich etwas trauen. Und schenkt uns eines der wunderbarsten, schrägsten Paare der deutschen Literatur.

192 Seiten, broschiert

Weitere Informationen finden Sie auf
www.fischerverlage.de